ハヤカワ文庫 SF
〈SF2407〉

宇宙英雄ローダン・シリーズ〈689〉

秘密惑星チェオバド

ロベルト・フェルトホフ&ペーター・グリーゼ
星谷 馨訳

早川書房
8940

PERRY RHODAN
DER ROTE HAURI
GEHEIMNISWELT CHEOBAD
by
Robert Feldhoff
Peter Griese

Translated by
Kaori Hoshiya
First published 2023 in Japan by
HAYAKAWA PUBLISHING, INC.
This book is published in Japan by
arrangement with
PABEL-MOEWIG VERLAG KG
through JAPAN UNI AGENCY, INC., TOKYO.

目次

秘密惑星チェオバド

思いがけない味方

ロベルト・フェルトホフ

登場人物

ペリー・ローダン……………………テラナー
ベオドゥ………………………………アッタヴェンノク。夢想家
ナイ・レング…………………………カルタン人の老人
シャルン………………………………ハウリ人。神官山ジアックの修道士
シャア…………………………………同。水使い
ヤーマン・ナル・ウルヒイ………同。タルウルの訓練施設指導主任
ナルモン・アルド・ティイル……同。同宗教問題担当教師
ロダウル………………………………ベングエル。《パーリンネン》船長

プロローグ

「きみの組織名はカルタン語で〝短い六日間〟という意味ではなかったか？」

「そのとおりです、神官長」ナルモン・アルド・ティィルはからだをまっすぐに起こした。本当は、できればぐったりと眠りこみたかったのだが。「カルタン人はハン＝シュイ＝クォンと発音します」

「すくなくとも、賢明なカルタン人ならわれらを恐れるにちがいない。いまは六の日の段階だ、ナルモン。われわれハウリ人がヘクサメロンの計画どおりに行動すれば、それだけこの段階が短くなるということ。

支配者ヘプタメルはかく語った。

〝炎の女神ギルラトゥが顔をあげ、熱がひろがる。星々の上空は彼女の力を知らしめるため、オムファルの花のような輝きをはなつだろう。星々はたがいに動きだし、接近するだろう……〟

これが七の日の支配者、ヘプタメルの言葉だ。ヘクサメロンの書とその歌はすべて知っているな。だが、神の意図を解釈し、あらゆる不信心者にくわえてヘプタメルが不実とみなした者に死を宣告するには、成果が必要になる、ナルモン。しかし、きみは失敗した」

神官長は涼しい顔でせまい部屋のなかを行ったりきたりした。まるで拷問みたいだと、ナルモン・アルド・ティイルは感じる。たぶん、実際にそうなのだろう。ティイルという名の〝神官山〟に所属する自分には、特別な成果がもとめられるのだから。しかも、自分は聖職者のなかでも高い地位にある。ふつうの者が失敗した場合のような罰では、まずすむまい。

「先週、テクノゾーンで作業をしたとおっしゃいましたね？」ナルモンは確認した。

「供給区域でのつまらない仕事だったとか。わたしが行きましたのに、神官長」

「うむ……そうするほかなかった。きみが行けば、たとえ非常にうまくやったとしても、神官山ティイルの名声がそこなわれるからな。そこで、あらたな任務をあたえよう。同じテクノゾーンではあるが、訓練施設で教師を必要としている。近ごろ、六の日の仲間にくわわる異人たちの数が増えているため、かれらに早急に信仰を教えこまねばならないのだ。それが今後のきみの任務だ、ナルモン。では、さがれ」

「は、神官長」そう応じながら、内心かれは煮えくりかえっていた。影響力を奪われ、権限の乏しい単調なポストに左遷されたのだから。だが、これ以上は望めまい。自害せよといわれなかっただけでも、よろこぶべきだろう。

シャムウの地に憧れる気持ちなど、まったくない。肉体はまだ強靭《きょうじん》だし、チャリフ星系での敗北にもかかわらず、やる気まんまんだ。この力をすべて六の日の進行を速めることに注《つ》ぎこむのが、自分の義務ではないのか？

「もうひとついっておく、教師！」ドアを閉めて出ていこうとした神官長が振り向いた。「今後はいっさいティイルに足を踏み入れるな。きみの顔など、わたしはもう見たくないのでな」

「は、神官長！」

ナルモン・アルド・ティイルはぼうっとしたまま、神官山の通廊を忍び足で進んだ。自分はここで育った。ここが自分の居場所だ。だが、支配者ヘプタメルに仕える者たちにとり、たったひとりの生などなんの意味もないのか？

〝二十の地とそれ以外の地の諸種族は、宇宙がはてるまで苦しみに支配されるだろう。だが、苦しみは完成の先触れであり、信心者は新生の訪れを知りつつ、じっと耐え忍ぶだろう……〟

そうとも、と、かれは思った。この命、自分自身にとってもなんの意味があろう。

いまは辛抱が肝心だ。ナルモン・アルド・ティイルは全体の一部にすぎないのだから。
吹けば飛ぶような存在なのだから。

1

転送アーチから吐きだされたペリー・ローダンは、ほんの一瞬のち、ふたたび明晰に考えられるようになった。軽い目眩《めまい》をおぼえる。見ると、ありとあらゆる種類の道具が詰めこまれた小部屋に立っていた。

なにが起きたのだ？　むろん、これまでのことははっきりおぼえている……ヘクサメロンの奉仕者になるという作戦を立て、アッタヴェンノクのベオドゥとともに惑星エペルムの都市エペルストを訪れた。だが、赤い衣装を身につけた一ハウリ人の強烈なエネルギー攻撃を受け、殺されそうになった。そのとき、シャルンという名のハウリ人が助けてくれたのだ。そのシャルンがいま、二メートル先から近づいてくる。どういうことなのか、さっぱりわからない。

かれの行為の裏にはなにがあるのか？　個人的な動機か？

ベオドゥや男カルタン人の協力者ナイ・レングはどうなっただろう。エペルムで安全を確保できているといいのだが。赤いハウリ人の攻撃は自分のみに向けられていた。はっきりした説明はできなくても、そこまではわかる。友たちにはいずれ再会できるだろう……とはいえ、まずは、このよくわからない状況を解明しなくては。

「ここはどこだ？」ローダンはそばにきたシャルンに鋭い目を向けた。ヘクサメロンのシンボル……恒星をかたどった半円と、左から右へいくにつれて長くなる放射……がついたグレイの修道服を着ている。「なにより知りたいのは、そもそもハウリ人であるきみがどうしてわたしを助けたのか」

相手は転送機を出てからはじめて口を開いた。

「くわしい話はあとにしてもらいたい、ペリー・ローダン。ここはわが故郷惑星タルウルだ。ほかのハウリ人に計略を見破られたら、われわれ、ふたりとも殺されてしまう」

「本当にそれほど深刻な事態なのか？」

「いや、当面この部屋にいるかぎりは、まず大丈夫だ。ここを使うのはわたしのほか、〝ジアック〟に所属する者だけだから。それはなんなのかと、いまは訊かないでくれ。あとで説明する。エペルストで赤い衣装を身につけたハウリ人と会っただろう。あれは〝水使い〟のシャアといって、わが同志だ。転送機の送り出しステーションは爆発した……おそらくシャアはそれを見て、われわれが死んだと思ったはず。それでも確認のため、この受け入れステーションを調べにくるのはまちがいない。

　というわけで、問題はどうやって見られることなくこの建物を出ていくかだ。シャアは地域住民にたずねまわるだろう。あなたは非常に目立つからな、ペリー・ローダン。理解できたか？」

「できたと答えたら、いいすぎだ。事態のほんのわずかしかわかっていない」ローダンは修道服を着た長身痩躯《そうく》の異人を見つめ、考えこんだ。「きみの同志シャアはどういう行動をとるだろうか？」

「基本的に選択肢はひとつだけ」シャルンが低く豊かな声で話すハウリ語を、ローダンのトランスレーターが自動的にインターコスモに翻訳する。「惑星間フェリーだ。それを使い、四時間もすればここへやってくる」

「それだけ猶予があれば充分だろう。この部屋にあるのはどういう機器か？」

「装備のたぐいだ。ウシャアル星系の六十二惑星のいずれかを訪れるさい、ジアックの者はここで装備を探す。いかなる目的にもマッチするものが見つかるから。受け入れステーションというのは、どこにでもあるわけではない。当然だが」

「当然だな」ローダンは皮肉めかして応じる。じつに幸運だった。もしかすると、第五惑星チェオバドに転送されていたかもしれないのだから。そこでハウリ人たちがなにかたくらんでいるのだ。真相を知りたい。あとでシャルンにその話をしてみよう。だが、まずはこの部屋をひそかに出ていくのが先だ。

「装備類のなかにデフレクターはあるか？　姿を見えなくするメカだが」と、訊いた。

「もちろんある。しかし、あまり役にはたつまい。テクノゾーンの外は探知網がびっしり張りめぐらされているから」

「テクノゾーンとは？　一語か二語で説明してくれ！」

　シャルンはしだいにおちつきをなくしはじめた。エペルムでの行動を見るに、もっと図太い神経の持ち主だと思っていたのだが。とにかく赤いハウリ人に敵対したわけだから。あの〝赤服〟がかなりの戦士だということは、ローダンがよく知っている。

「できる範囲で時間をかけていいから」と、うながした。

「そうだな。テクノゾーンというのは惑星タルウルの飛び領地で、百キロメートル以上にわたる人口密集区域だ。訓練センター、研究所、エネルギー生成施設などが多数ある。その周囲は砂漠で、ほとんどだれも住んでいない」

「よくわかった」基本的にはなじみ深い、何度か目にしたことがあるような環境らしい。

　このとき、あるアイデアが浮かんだ。「暫定的解決策をひとつ思いついた。いままでの話を正しく理解したとすれば、わたしと同じくきみもこの建物内で目撃されてはまずい。さらに、テクノゾーンの外に出たら、運が悪いとデフレクターは探知されてしまう。そうだな？」といいつつ、シャルンの返事を待たずに淡々とつづける。「だがテクノゾーンのなかでは、探知はそれほど厳密に働かないはず。そこで、とりあえずデフレクターとほかの装備を使い、テクノゾーン内に潜伏しよう。きみの土地勘があれば、むずかしくは……」

「わたしの土地勘などたいしたことないぞ」シャルンはさえぎりながらも、つけくわえた。「とはいえ、そこまでの計画は悪くない。先をつづけてくれ、ペリー・ローダン」

「あとはかんたんだ。だれからも見られない場所にきたら姿をあらわす。それから自由に動き、ふつうのやりかたでテクノゾーンを去ればいい」

「さらなる保安措置として、なにかの容器にあなたをかくそう。食糧などは用意する。そのあとは数日、砂漠ですごす。そうしないと目立ってしまうから。テクノゾーンの大部分はハウリ人のための場所だ。あなたのような者がうろつけるのは教育施設のみ」

　ローダンはエペルムで、そうした教育施設のひとつにおいて自由通行権が認められていたことを思いだした。すべてうまくいっていれば、三日後にはここタルウルの教育施設にナイ・レングやベオドゥも到着するはず。

　さらに仔細《しさい》に考察してみると、驚くべき視点が開けた。

「追加の防衛手段をとれるかもしれない、シャルン。この装備室にテルミット爆弾はあるか？　威力はちいさくても高熱を発する爆弾が必要だ」

「あるが、それでなにをする、ペリー・ローダン？」ハウリ人があっけにとられて訊く。

「かんたんな話さ。転送機にテルミット爆弾をしこむのだ。外から見たら建物にはなんの損害ものこらないから、運がよければ気づかれることもないが、内部はちがう。転送機は作動後、データ記録もろとも熱で溶け落ちる。エペルムの送り出し転送機は爆破しただろう？　ここにも瓦礫《がれき》しかのこらなければ、われわれの死がより真実味を帯びる」

　さっきまでとほうにくれた顔だったハウリ人は、いまや茫然として、

「わたしの頭はどこにあるのか！」と、大声を出した。「あなたのいうとおりだ。自分が恥ずかしい。あれだけ訓練されたのに、そんなことも思いつかなかったとは」

　シャルンは物品で埋まった棚や容器をあちこち探し、いくつか装備をかき集めて目の前に積みあげた。見たところ、組み立ててテルミット爆弾をつくるパーツがふたつと、やや不格好な箱がふたつ。こちらはデフレクターだろう。

「もうひとつ質問したい」ローダンの言葉をトランスレーターが完璧なハウリ語に翻訳する。かれ自身は遺憾ながら、この言語をわずかしか習得できていない。「きみは同志の心理状態をどう把握している？　熱爆弾が作動し、送り出し部で爆発が起きれば、ふつうはわれわれが死んだと結論するだろう。だが、シャアもそう思うだろうか？」

　シャルンはしばらくのあいだ、考えこんだ。濃褐色の革に似た肌の顔がぴくぴく動いている。ハウリ人のメンタリティについてはいまも変わらず謎だらけだが、それでもローダンは、かれが苦悩しているのだと思った。

「おそらく実際にわれわれの死を信じはするだろうが、それをあてにできるとはこれっぽっちも思わない。シャアは自力でわれわれを捜索するはず」

「なら、計画を変更したほうがいい。ウシャアル星系のほかの惑星にも受け入れステーションはあるのだったな。もっとも見通しにくい地表構造を持つ酸素惑星はどれか？」

　シャルンはしばらく考えて、

「第十一惑星だ」と、答えた。「高低差の大きい氷惑星で、多くの急峻《きゅうしゅん》な山脈がある。火山活動もさかんで、住民はいない」

「うってつけだ」テラナーは満足げに、「この建物を内側から破壊する前に、時限信管つきテルミット爆弾をもうひとつ第十一惑星に送りこむ。タイマーを二十分後にセットしておこう。われわれが第十一惑星にかくれたと、シャアは考えるはず。時限信管があればその考えは強まるにちがいない。どこで爆発が起きたかわかれば、その場所を捜索しにいくだろう」

　シャルンの顔に疑いの色がはしった。

「あまりに単純すぎるアイデアではないか。もし、かれが引っかからなかったら……」

「これが最大のチャンスだ。シャアは自力でわれわれを捜索すると、きみはいったな。第十一惑星ではけっして見つからない。火山活動のさかんな山脈……かれにとり、これ以上の悪条件はあるまい。それに、きみたちハウリ人は高度技術にかこまれた環境に慣れ親しんでいる。単純なトリックでも成功の見こみは高いと思うぞ」

「わかった」シャルンは折れた。「では、とりかかろう」

かれはテルミット爆弾に信管をつけ、転送機で送りだした。ボタンを押すと、小物体は見えなくなる。爆発のさい、近くにだれもいなければいいがと、ローダンは願った。

シャルンはテラナーにちいさな箱をひとつ手わたし、

「デフレクターだ。ボタンはひとつだけ。押せばフィールドが展開し、引きだせば姿が見えるようになる」

ローダンは装置をネット・コンビネーションのベルトに慎重に固定した。見ると、シャルンは次のテルミット爆弾を用意して、転送機のスイッチ部分につけている。時限信管は五分後に調整した。

「飲食物はあるか、ペリー・ローダン？」

テラナーはポケットをたたき、

「凝縮口糧があるから数日はもつ。だが、水がいるな」

「水か……たしかに。ただ、われわれハウリ人は真水を飲まないのだ。麻薬に似た作用があるから。あとで貯蔵庫を探ってみるしかないな」

ローダンは驚いて相手を見あげた。ハウリ人の代謝に関するこの情報は聞いたことがない。だが、ヴァッロ・パク・ドゥウルの案内ではじめてハウリ人と食事をともにしたときのことを思いだした。テーブルにはウルヒイトゥとポナアしかなかった。ポナアはハウリ人の飲み物だが、水はその原料としてふくまれていただけだ。

シャルンは食糧の詰まった入れ物を背負い、準備完了の合図をすると、

「手をつなごう。そうしないとコンタクトを失ってしまう」

つまり、ハウリ人はアンティフレックス眼鏡を持たないということ。それがあれば、デフレクター・フィールドがあってもたがいを視認できるのだが。テラでは数百年前から知られている。

ローダンはシャルンの冷たく乾いた手をそっととり、ベルトの装置を作動させた。同時にハウリ人もデフレクターをオンにし、姿を見えなくする。だが、その手はローダンの手にしっかり握られていた。

「行くぞ！　あと三分しかない」

シャルンの言葉でローダンは出口をめざした。

「すみやかに通過しないと」と、シャルン。「ドアが開いたところをだれかに目撃されたら一巻の終わりだ」

「わかっている」

シャルンがドアを半分開く。ローダンは一瞬も迷うことなく、ハウリ人につづいて飛びだした。そのさい三メートルほどジャンプしたため、シャルンの手をはなしてしまう。

まだ着地もしないあいだにドアが閉まるのが見え、数秒後にはなにも起きなかったようになった。

シャルンはじつに巧みだ。自分だったら、あれほどすばやく外から開閉コンタクトに触れることはできなかっただろうと、ローダンは思った。この男に対する評価を根本からあらためる必要がありそうだ。

「ペリー・ローダン！」

シャルンのささやきが聞こえる。ローダンは本能にしたがい、声の方向へと這っていった。指をのばし、ハウリ人のからだに触れる。ふたりの両手がふたたびつながれると、ローダンは音もなく立ちあがった。

ようやく周囲を見わたす余裕が生まれた。とはいえ、とくにめずらしい光景ではない。これまで非常に多くの異世界を訪れてきたので、ちょっとやそっと奇妙な建物があっても驚きはしない。建造物というのは時の経過に影響されるが、ここも例外ではなかった。ハウリ人の基準からして、かなり古い都市だという印象を受ける。

そう、ここはまさに都市だった。

シャルンがテクノゾーンと呼んだのにはもっともな理由がある。遠方には塔のように細く高い金属構造物が見えた。ところどころに倉庫らしきドームがまじるが、やはり高さがある。左右対称の建物が多いなか、遊びでつくったようなかたちのものがいくつかあった。だが、この第一印象を信じないほうがいいだろう。遊びというのは、ことのほかハウリ人らしくない要素だから。

それ以外はローダンの知っているとおりだ。周囲の建物は色もなく簡素で、兵舎を思わせる。たぶん住居だろう。とにかく、ちいさなのぞき窓が壁にいくつもあることから、そう結論づけた。

「このあたりに潜伏しよう、ペリー・ローダン。いまのところ、だれにも見られていない。ここは居住区域だ。テクノゾーンのハウリ人で動ける者は全員、日中は仕事に出ているはず」

「そのようだな」

ローダンはシャルンのあとから細い道を進んでいった。道にはまったく植栽がない。砂漠気候のせいだろうか？　気温はさほど高くなくて摂氏十五度ほどだと思うが、非常に湿気が多く、すでに不快感をおぼえた。おまけに、空は植物がうまく育ちそうもない鈍い赤の色調だ。これはウシャとアルの連星に近い場所でもあまり変わらない。恒星放射の大部分は、タルウルの大気圏上層部でさえぎられるから。

ふたりは居住区域を過ぎて、倉庫ホールと製造所が交互に並ぶ区域にやってきた。ローダンの計算では十キロメートルほど進んできただろう。

「ここまでくれば充分だ」と、シャルン。「どこからも見えないような空き地を探す。

そのあと小型貨物グライダーと水を手配するから、待っていてくれ」

　数分もすると、ハウリ人は格好の場所を見つけてきた。三方を高い壁にかこまれた、五百平方メートルほどの平地だ。いたるところに汚れた四角い箱のようなものが置いてある。この〝中庭〟は必要に応じて資材置き場の役をはたすのだろう。いまは使われていないだけで。

　道には人影がない。どこか遠くで輸送車輛の行きかう音がするものの、この細道に入ってくるとは思えなかった。

　シャルンがふいにデフレクターを切り、姿をあらわす。

「では行ってくる、ペリー・ローダン。わたしがもどるまで、辛抱強く待っていてほしい」

「もちろんだとも」と、約束した。ハウリ人がフードを額の上に深くおろし、次の角を曲がって消える。それをじっと見守りながら、ローダンは複雑な気分だった。万一、シャルンの身になにかあったらどうなるのか？　かれがいなければ、ハウリ人だらけのこの都市で、自分はなにもできないだろう。

2

シャアはもう都市に入ったはずだと、シャルンは思った。どんなようすで〝タルウルへの門〟の送り出し部に行き、燃え落ちた瓦礫のみがのこるのを確認しただろう。それは想像するしかない。シャアの思考プロセスを追うのは以前はかんたんだったが、相手が水使いとなったいまは事情がちがう。ハウリ人社会に仕えるため、弟はおのれを犠牲にして水依存症になったのだ。

もしかすると、自分がこれほど過激な行動に出てヘクサメロンに背いたのはそのせいかもしれない。裏切り者と呼ばれるだろう。シャルンは苦悩した。だが、これは嘘いつわりではない。ヘクサメロンの哲学はかれから弟を奪った。赤い衣装に身をつつみ、水なしでは生きられない中毒者となったシャアは、もう弟ではないのだ。

しかし、それだけがきっかけなのだろうか？

いや、ちがう。

異人を殺害せよとの命令に、シャルンは全面的に逆らった。変わってしまった弟からいつしか心がはなれ、ペリー・ローダンという名の異人に好意をいだくようになったから。その理由はただひとつ。ローダンはヘクサメロンに公然と立ち向かっている。自分もできればそうしたいと思ったため、とっさに共感をいだいたのだろう。やがて自身をあざむけなくなり、行動に出てしまった。これはけっして表に出してはならない、信仰に対する裏切りだ。

ハウリ人の歴史をさかのぼるかぎり、自分のような者はこれまで皆無《かいむ》だった。

皮肉なもので、シャアがペリー・ローダンの死を確信したとしても、それを報告することはできない。シャルンとともに任務遂行の命令を受けたから……命令に対しては死ぬまで絶対忠実であれと、赤服の名誉法典に明記されている。シャアはだれの手も借りず、おのれの失敗を挽回しようとするだろう。

いや、まだ失敗したわけじゃない！　われわれを排除する気でいるのだ。とはいえ、異人ローダンの策略が成功するかもしれない。とりあえず、シャアは第十一惑星でわれわれのシュプールを徹底的に探すはず。そのあいだに、こちらはここタルウルで足取りを消せばいい。それにはまず喫緊《きっきん》の課題を解決しないと。異人のための水と、貨物グライダーを見つけることだ。どちらもなんなく手に入るだろう。

シャルンの衣服を見れば、神官山に所属する者だとわかる。その不可侵性は絶対だ。神官山の者がテクノゾーンで拒否されることはまずない。なにかが必要だと申しでても、けっして使用目的を訊かれたりはしない。

シャルンはもよりのグライダー置き場に向かった。

管理人はよぼよぼの年よりで、なにも質問せずシャルンにグライダーを使わせてくれた。使用者の出自がわかれば預かり証もいらない。これが日常茶《さ》飯事《はんじ》なのだ。

水に関してはもうすこし手間がかかった。まず大型倉庫で五十リットル用の容器を見つけ、目立たないようにタンクから水を注《そそ》ぐ必要がある。だが、この難関もシャルンは突破した。だれも話しかけてこないし、むやみに注意を向けたりもしない。人々の目にはかなりの敬意がこめられていた。神官山ジアックの者は基本的に、たいていのハウリ人よりも地位が上だから。

シャルンは公共交通レーンにグライダーを乗り入れ、出発点にもどった。ちいさな空き地の中央に機をとめ、あたりを見わたす。ローダンの姿は見えない。当然だろう。すこし知恵があるなら、デフレクター・フィールドを作動させたままでいるはず。

シャルンは水の容器を確認しようと思い、グライダー後部のハッチを開いた。そのとき、すぐ近くでかすかに空気が動いたのを感じた。

「わたしだ。乗機する」すでに聞き慣れた声がささやく。

ハウリ人は安堵してハッチを閉め、自分も乗りこんだ。ふたたびテクノゾーンの公共交通に合流したのち、

「これで話ができる」と、いう。「なにもトラブルはなかったか？」

ペリー・ローダンはシニカルな笑みを浮かべ、

「それはこっちのせりふだ。わたしのほうはすることもなかったのだから。すべてうまくいったらしいな」

「あたりまえだ！」シャルンは思わず身をかたくした。ローダンの声に疑いの念がまじっている気がしたから。だが、そこで思いなおす。この異人にとって自分はジアックの神官ではなく、神経質で打ち解けない救済者なのだ。「あの白い容器に水が入っている。数日はもつだろう。それでまかなってもらいたい」

「了解」と、ローダン。「すこし考えたんだが、今後もきみの協力があれば、砂漠での滞在は二、三日ですむかもしれない。きみがテクノゾーンでどの程度じゃまされずに動けるか、すべてはそこにかかっている」

「それについてはあとで話し合おう」

「いいとも、シャルン。いまとなっては数時間くらいなんでもない。われわれ、たがいに話すべきことがあるようだ。それを終えないうちは、やみくもに計画を立てるわけにはいかない」

ペリー・ローダンの語り口は非常に超然としている。シャルンはこのヒューマノイドに対する敬服の念が湧きあがってくるのを感じた。見通せない状況のなか、これほどおちついていられるとは。

「テクノゾーンを出る。デフレクターをオンにしてくれ」

シャルンはそういうと、慎重に空中を査察しながら、ある神官山の方向にコースをとった。インフォ装置の記録によれば、かれが少年時代の大部分をすごした〝ネミース〟だ。そこで支配者ヘプタメルの言葉を学び、炎をもたらす女神ギルラトゥ、神々や死者が住まうシャムウの地について教わったもの……だが、いまのかれにとり、それらはたいした意味を持たない。神話にもとづいた、事実に即していない内容だから。この宇宙に迫る熱死について述べているのはたしかだし、ハウリ人種族がひたすらめざしている、可能なかぎり〝六日間〟のプロセスを迅速に進めることに関連するのもわかるが、その背景にある認識可能な事実が見えないのだ。

ペリー・ローダンならもっとよくわかるのではないかと、シャルンは期待していた。ハウリ人支配領域の外が実際にはどうなっているか、知っているかもしれない。そうした情報なしに、ヘクサメロンのもくろみを効果的に妨害できるわけがないから。おのれの存在の無意味さをどう乗りこえるか、それもローダンが教えてくれるかもしれない。

あまり期待しすぎるのは禁物《きんもつ》だが、命を助けた見返りに、せめてそれくらいしてもらってもいいのでは？

数秒間、シャルンはコンソールから目をあげ、異人を見つめた。グライダーの貨物スペースに寝転んでいるペリー・ローダンは、自分よりすこし背が低く、身長百九十センチほど。水が豊富な惑星の生まれにちがいない。そのような有機体は真水を摂取可能であるばかりか、生体機能をたもつために水が不可欠なこともある。だがハウリ人の場合、水は潤滑剤として使うだけだ。なにも混ぜていない真水は毒になる。水使いは真水を飲んでとてつもない能力を得るが、それによって内側からむしばまれ、やがて生体固有の感覚をすべて失ってしまう。

テクノゾーンから三十キロメートルはなれたところで、シャルンはコース変更した。グライダーは右に大きく旋回し、長くのびた山の周縁部めがけて降下していく。

「あそこが目的地だ、ペリー・ローダン。ゆっくり話をしよう」

*

ふたりはグライダーを張り出し岩の陰にかくし、その近くに宿営地をつくった。といっても、砂の上に岩石のない部分が二カ所あるだけの間に合わせだが。

「きみの話を聞かせてくれ、シャルン」と、テラナー。「なぜわたしを助ける気になった？」

「長い話になるが、ペリー・ローダン……」

「かまわん！」

「タルウルのハウリ人が住む区域はふたつある。ひとつはテクノゾーンで、製造施設や訓練センターがある人口密集地だ。もうひとつは〝神官山〟と呼ばれる」

「その言葉は何度か耳にした。くわしく説明してもらいたい」

「お望みならば。神官山はハウリ人種族の発祥の地だ。長くのびた山のような外観で、反撥フィールドによって砂漠を移動する。しかし、その実態はまったくちがうものだ、ペリー・ローダン。神官山の正体は有機生物なのだよ。もうタルウルには十体しかいないがね。ふいごのような機能によって地面の砂を巻きあげ、そこから養分を抽出し摂取している。もちろん、山の構成物質は非常に軽く……同時に安定性もある」

「で、ハウリ人はその〝山生物〟の上に住んでいるわけか？」ローダンは信じられないという顔でたずねた。

「上だけでなく、内部でも暮らしている」シャルンが答える。「神官山の構成物質のうち、ある部分が死滅すると、そこは空洞になる。そのため重量も減り、ハウリ人には居住空間が提供されるわけだ。われわれはウルヒイトゥの新芽を摘み、山の有機制御システムからポナアを吸いあげる。ハウリ人と神官山はひとつの共生関係にあるのだ。たがいの存在なしでは生きていけないから」

　シャルンはテラナーの顔をじっくり見た。驚きの表情が浮かんでいるものと思ったが、見えるのは好奇心のみ。まずローダンにあれこれ質問をぶつけたほうがいいかと、すこしのあいだ迷ったが、自分のかかえる問題について話すほうが重要だろう。ジアックでもどこでも、ハウリ人たちのもとでは本当の気持ちをかくすしかなかったから。その状況がはじめて変わったのだ。このチャンスを利用したい。

「つづけてくれ、シャルン。その山におけるきみの役目はなんなのだ？」

「わたしはネミースという名の神官山で成長した。生まれてすぐカルタン人の探鉱労働者にさらわれ、神官山ネミースの神官に買われたのだという。のちにジアックに連れていかれた。ジアックも神官山の名前だ。そこでわれわれ修道士は訓練を受け、技術理念、生きのびるすべ、接近戦のやりかたをたたきこまれた。シャアとわたしはずっといっしょだった……これまでは」シャルンは嘆息してすわりこみ、西の方角に目を向けた。巨星ウシャの白い弟、アルが沈みゆくところだ。急に空気が冷えてくる。「やがて、最終試験の時がきた。そこでは真水を飲まざるをえない状況に追いこまれる。ハウリ人にとって真水は毒で、依存症を引き起こす恐れがあるのだが。実際、同志シャアはそうなってしまった。いまや、かれは水使いだ」

「それはどういう存在だ？　何人ものハウリ人に会ったが、水使いについて聞いたことはない」

「シャアみたいに特殊な訓練を受けた者たちだ。赤服をまとい、背嚢《はいのう》に水の入った容器を持ち運び、解決不能な状況が生じた場合に出動する。かれらには水が麻薬のように作用するため、その効き目がつづくあいだ、とんでもなく敏捷《びんしょう》かつ強靭に動きつづけることができるのだ。だが、水によって体内をむしばまれる。シャアは長くは生きられまい」

「エペルムでは赤い服のハウリ人はかなりの敬意をもってあつかわれていたが」

「そのとおり。水使いは信仰面で高いランクに位置づけられる。特殊任務を受けることも多い。それをだれにも頼らずに実行し、かならず成功させる」

「今回は失敗したわけだな」

「わたしが介入しなければ成功していた」シャルンは反論した。「シャアも、まさか同志が反旗をひるがえすとは予想しなかっただろう。わたしは種族を裏切ったのだ」

ペリー・ローダンにじっと見つめられたシャルンは一瞬、ハウリ人のものとはまったく異なるその目に吸いこまれそうになった。

「それにはそれなりの理由があるはず」ようやくテラナーがいう。「もしよければ、聞かせてくれ」

「たしかに理由はある。わたしは子供のころからほかのハウリ人とはすこしちがっていたが、いつしかヘクサメロンの死の教え全般に対して拒否感をいだくようになった」自分の動機に気づいたシャルンにとり、いまや話すのはかんたんだった。「ただ、本当の気持ちはかくすほかなかった。われわれハウリ人の立場はひとつしかないから、だれも理解してくれないだろう。そんなとき、あなたのことを聞いたのだ、ペリー・ローダン。惑星ベンタングでヴァッロ・パク・ドゥウルを妨害し、チャリフ星系でナルモン・アルド・ティイルの組織を壊滅させた、と。わたしがひそかにやりたいと思っていたことをやってくれたのだな。ほんの数日前に」

「気づかれないように機会を見はからったつもりだが、なぜわたしだとわかった？　ハンガイ銀河は広大だ。すべての動きを見張ることはできないはず……」

「自分がベングエルとジュアタフ・ロボットにどれほどの影響をあたえたか、よもや忘てはいまい」シャルンは答え、身を震わせた。「かれらはまさに、あなたの虜《とりこ》となったではないか。これは非常に目を引く。まして、だれも理由を知らないのだから」

いつのまにか、あたりは暗くなっている。いままさに、ウシャも沈むところだ。その眺めはヘクサメロンの恒星シンボルを思いださせた。シンボルが象徴するのは落日で、日の出ではない。そのメッセージは一日のはじまりでなく、永遠の夜なのだ。

「神官山のハウリ人は、数千年前と同じ品行をたもっているようにはとても見えない」シャルンがつづけた。「かれらはコンピュータを改造したのだ。とにかくジアックではベンタングやチャリフ星系と相互接続し、エペルストであなたの動きを追っていた。ジアックからあなたの粛清を組織する……これ以上にかんたんな思いつきがあるか？　その任務をわたしと同志シャアがおおせつかった。これがことの真相だ」

「なんのいわれもなくわたしを助けたわけではあるまい、シャルルン。なにかやりたいことがあるのだな！」ローダンはこれまでよりさらに慎重になったようだ。見せかけの印象でなければ。

「もちろんそうだが、あまりに些《さ》細《さい》なことだから、あなたは驚くだろう。それについては、あす話す。いまのうちに眠っておいたほうがいい」

シャルルンはグライダーの貨物スペースを引っかきまわし、サーモ毛布を二枚とりだした。一枚をローダンにわたすと、横になり、目を閉じたとたんに眠りこむ。日の出がくれば本能で目ざめるだろう。

かれは夢を見た。数えきれないほど多くのハウリ人が、冷たく非難がましい目を自分に向けている夢。かれらはいう……

〝裏切り者のハウリ人に死を！〟と。

*

ローダンが目ざめたとき、ウシャとアルの両恒星はすでに顔を出していた。サーモ毛布のおかげで冷え込みのきびしい夜も暖かくすごせた。その毛布を脇にやり、起きあがる。シャルルンの姿は見えないが、心配することはない。ハウリ人にとり、ここはわが家みたいなもの。なにも起こりはしないだろう。

凝縮口糧をひとつふたつ口に入れる。さいわい、困難な状況になると予想していたため、ポケットいっぱいに口糧を詰めこんできた。食べ終わると、五十リットル容器の栓を開け、水をゆっくりとごくごく飲んだ。

「シャルン」と、小声で呼んでみる。遠くでハム音が聞こえるが、なんだろう。「起きたぞ、シャルン！　どこにいる？」

「上だ、ペリー・ローダン」

低く朗々とした声を追って、近くにある小高い丘に向かった。ハウリ人はその頂上で岩ブロックふたつのあいだに身をかくし、いっしんに東の方向を見ている。ローダンがわかったのは長くのびた円錐形の山だけだ。低い丘陵の景色が連なるなかでは場ちがいに思えるが、シャルンは明らかにそれを見ている。そのとき、ハム音がしだいに大きくなりはじめた。

「あれがネミースだ、異人よ」

そうだった。もっと早く気づいてもよさそうなものじゃないか、と、ローダンは不機嫌に思う。状況を考えれば、まちがえようがない。あの円錐が神官山だ。非常にゆっくりとだが、前方に動いている。一秒に一メートルも進んでいない。

「わたしはあの山で育った」ハウリ人の声はそうとわかるほど震えていた。「あれを見ていると、妙な感情を引き起こされる……罪悪感だ。わかるか、ペリー・ローダン？」

「すこしは」ローダンはかすれ声で答えた。話すにはもっと喉を湿らせる必要がある。

「わたしを知るネミースの老教師が修道士や子供たち相手に、わが行状を伝えているところを想像したのだ。正気の沙汰じゃないと思われているのはよくわかる。だが、どうしようもなかった。とても解決できない精神状態だったから。こんな話を異人にするなんて、これまでの生涯で考えたこともなかった」

「われわれ、きみが思っている以上によく似ているようだ、シャルルン」

ハウリ人はそこではじめて首をまわし、ローダンを正面から見た。干からびた革のような褐色の皮膚が骸骨めいた顔をおおい、その目は眼窩《がんか》のなかに深く沈んでいる。かれもまた永遠につづく学びのプロセスのなかにあるのだ、と、ローダンは思った。認識と願望を現実に適応させ、なにかを得ると同時になにかを失っている。だが、シャルルンにとっては失うもののほうが多すぎた。世界観がすべて打ち砕かれたのだから。

「わたしがあなたになにをもとめているかわかるか、ペリー・ローダン？」

「わたしと同じもの。情報だろう？」

「まさにそれだ。これまでの生涯、わたしはなにが正しくなにが誤りか、なにが善でなにが悪かを聞かされてきた。こんどはあなたが宇宙で体験したことを聞かせてほしい。ハンガイ銀河以外のところはどんなふうに見える？　ほかの種族において、わたしのような者はどう思われている？　ヘクサメロンの目的には実際、どんな意義があるのか？」

「わたしの答えには個人的見解がふくまれているぞ」と、ローダンはいいふくめた。シャルンが普遍性のある真実をもとめているのではないかと危惧したのだ。それを語ることはだれにもできない……二千年以上の生涯でローダンが得た英知をもってしても。

「ものごとに対するべつの見かたのひとつを知るだけだ」

「それ以上を望むのはおろかというもの」

三、四キロメートル先ではネミースがゆっくりと移動している。その外観から、ローダンは惑星ラスト・ホープの原住生物〝走れ走れ〟を思いだした。だが、それ以外の類似性は見られない。そもそもどうして、神官山のような被造物が誕生したのだろう？　自然の創造メカニズムには、かならずなんらかの理由があるはず。

シャルンは向きを変え、丘をおりて宿営地にもどった。ローダンもつづく。あと何時間でも山を見ていられる気がしたが、喫緊の問題がある。シャルンに情報をあたえなくては。それだけでなく、今後も自分に協力する気にさせたい。

「きちんと順序立てて話すとしよう」ローダンはハウリ人と向かい合って地面にすわり、提案した。気温があがってきたが、水をいくらか飲んだので、喉の渇きをおぼえることなくしゃべれそうだ。「並行宇宙に関する理論は知っているな？　これは理論というより事実で……」かれはドルーフとの遭遇を、ネガティヴ・ローダンが住む並行宇宙での彷徨《ほうこう》を、そしてタルカン宇宙と通常宇宙の関係を、微に入り細にわたって語った。「カルタン語を使うのがもっともわかりやすいかもしれない。カルタン人はわれわれの宇宙をメエコラーと呼ぶ。〝巨大なもの〟あるいは〝膨張するもの〟という意味だ。タルカンは〝収縮するもの〟という意味になる」

「タルカンはハウリ人にとり、ののしりの言葉だ」シャルンが吐き捨てる。

「しかし、意味は合っているだろう。タルカンの寿命は長くてあと十億年だが、ヘクサメロンの計画が成功したら、もっと短くなる。宇宙背景放射は、わが宇宙における温度の三百倍を超える値《あた》いに達した」ローダンの述べた数値はほぼ千ケルヴィンにあたり、一部は可視スペクトルに入る。「そこからわかるのは希望なき結論だ。四、五百年後にはハンガイの銀河文明は滅亡する」

「どこからその数字は出てきたのだ？」シャルンは茫然として訊いた。

「カルタン人のデータから容易に導きだせる。ここ百年間の平均で、ハンガイ銀河の諸惑星は気温が五度上昇した」トランスレーターが正確な数字を自動的にハウリ人の単位に翻訳したはずだと、ローダンはあてにしていた。「極冠の氷は多くがすでに溶け、大気組成も変化した。惑星環境は大きな被害を受けて崩壊寸前だ。知っていたか？」

「全容は知らなかった」と、シャルン。「わたしはハウリ人で、ハウリ式の教育しか受けていない。すこし時間がほしい」

「好きなだけ時間をかけていい。きみが種族に背いてわたしを助けた事実だけでも、敬服に値いする。自身の考えでやったことだから」

シャルンはふいに沈んだ顔になり、

「ときどき思うのだ。〝自身の考えでやったこと〟ではなく、未知者の計略に乗せられただけじゃないかと……」

「なぜそんなことを？」

「わたしが神官山ネミースにきた事情については説明したな、ペリー・ローダン。カルタン人の探鉱労働者にさらわれた話も。つまり、ある一定期間のあいだ、種族の宿敵の管理下にいたわけだ。それがいま、ハウリ人のなかでただひとり劇的な変化を遂げたのだから」

「つまり、カルタン人に洗脳されたと考えているのか？」

「まさにそれだよ。洗脳され、眠れる工作員としてハウリ人のもとに送りこまれた」

ローダンは考えをめぐらせ、慎重に答えた。

「可能性としては除外できないが、まずありえないだろう。第一に、きみがいまの地位につくことはだれも予想していなかったはず。第二に、たったひとりの工作員を仕立てるには手間がかかりすぎて、割に合わない。そんな考えは捨てろ、シャルン。未知者が自分の人生を決めていたなどと考えだしたら、神経がまいってしまうぞ。さて、ハンガイ銀河でこの数千年、数年、数週間のあいだになにが起きたか話そう」

ローダンはエスタルトゥとヘクサメロンの関係について知っているかぎりのことを説明し、自身がはたした役割について述べた。そして最後に、切り札を披露する。

「ヘクサメロンに奉仕するための試験をエペルムで受けるすこし前、わが宇宙カプセル《レダ》がアンクラム星系に向けてスタートした。わたしのことを〝イマーゴ〟と呼ぶジュアタフ・ロボットとベングエルが、かなりの数の宇宙船をウシャアル星系に送りこんでくるはず。われわれ、じきにきみの種族と交渉をはじめ……もしかしたら、わたしはタルウルを去ることになるかもしれない。それでも、きみには同行してほしい」

もちろん、その言葉には下心があった。ベオドゥやナイ・レングとはできるだけ早い再会が見こまれる。そうなれば、アッタヴェンノクと男カルタン人にくわえてハウリ人が仲間となるわけだ。万一なにか起きても、それなりに助かる道が見つかるだろう。

「同行したいかどうか、自分でもわからない」と、シャルン。「なにを思ってあなたを助けたのかも、よくわかっていないのだ」

ローダンにはその気持ちがなんなく理解できた。すこし策を練れば、数日のうちにシャルンを説得する機会もあるだろう。いまはべつのことを考えよう。自分がイニシアティヴをとるつもりだ。ここタルウルの砂漠で無為に待ちつづけたところで、こちらにとってもシャルンにとっても得るものはないから。

「わたしに計画があるのだが」と、いった。「実行するにはきみの協力が必要だ。聞いてくれるか……」

「遠慮はいらない。こちらの利益と相反する計画なら、拒否するから」

シャルンの言葉には不信感がうかがえると、ローダンは思った。だが、気のせいかもしれない。いくら高機能のトランスレーターでも、細かいニュアンスまで翻訳できるとはかぎらないのだ。そこで、よけいなかくしだてをせず、ストレートに話すことにした。

「きみはタルウルでどの程度、自由に動けるのか？」

「無制限に動ける。ジアックの者として敬意を持たれているから。わたしに命令をくだした相手やシャアに捕まらないよう、気をつけさえすればいい」

「完璧だ」と、ローダン。「あと、情報技術をあつかう装置の操作は問題ないか？」

「もちろん」シャルンは答えたが、明らかに当惑している。

「ならば、すべてはきみの決心しだいだ。わたしに協力するか、しないか」

「いいかげん、なにをする気か話してくれないと、ペリー・ローダン！」

「おちつけ。いまから話す」

3

　シャルンは一瞬、思った。ペリー・ローダンは転送機をくぐったさいに正気を失ってしまったのではないか。だが、よく考えたらあの男はハウリ人のメンタリティを非常によく見ぬき、それを計算にふくめている。ヘクサメロンの行動を阻止するには、まさにうってつけの存在だ。いまではシャルンもそれがよくわかっていた。ローダンに対してそう口にすることはなかったけれども。

　下を見ると、だんだんテラナーがちいさくなっていく。シャルンのほうは貨物グライダーを上昇させていた。丘の稜線《りょうせん》が細いラインになり、ネミースははるか遠くに見えるだけだ。かれは速度をあげ、テクノゾーンまでの距離をこなした。そうすることで、罪悪感を振りきろうとするかのように。

　おのれはまたも種族の利益に背こうとしている。とはいえ、そもそもこの悪循環から抜けだす道などあるのか？　わからない。

　中速でテクノゾーンに近づき、急降下した。高度に関しては明確な規定があるのだが、法に触れないかぎり、なんだってする気でいる。ジアックのハウリ人に対しては、確実におとがめなしだから、理由があってのことと思われるだろう。そんなものはまったくないのだが。

貨物グライダーから、テクノゾーンの主サービスコンピュータに接続。広大な敷地のどこに異種族対象の訓練センターがあるか調べ、自動操縦システム向けの申告書類を出す。目的地はテクノゾーンの周縁部、ほぼ九十平方キロメートルにわたるエリアだ。

エリアの端にあるベトン製プラットフォームに着陸。降機する前に発着場の全体図をプリントアウトし、グライダーの位置をマーキングした。ハッチは施錠せずにおく。階段シャフトを使って、おびただしい数の構内交通システムがならぶ地下一階におりた。駐機場には単座や二座の公共輸送カプセルがいくつかある。シャルンはそのなかから、ヒューマノイドの体形にマッチする一機を選んだ。

「どちらへ？」自動音声が訊いてくる。

「中央データ処理施設に行ってくれ」

「入構資格はお持ちですか？」

「わたしはジアックの者だ」

ほんの一瞬、フォト・セルが光ったような気がしたが、目の錯覚だとわかっている。実際の身分認証プロセスを感知することは不可能だから。

「認証しました」

カプセルはスムーズに動きだした。近くでべつのカプセルが通りすぎたが、キャノピーがミラー加工のため機内は見えない。

走行は十分あまりつづいた。

やがて、壁の前でカプセルが停止。シャルンは使用記録をのこさずに降機した。ローダンの計画に沿った行動が完了したら、すぐさまべつのカプセルに乗りこむつもりだ。

地下出入口のひとつでふたたび出自を述べると、自動装置が身分認証した。そこからつづく通廊は、何年間も通る者がなく見捨てられたような印象だが、実際はちがう。テクノゾーンのなかでもとりわけ異種族の訓練に使われる領域は、最近になって建造されたものだ。その究極の目標がなんなのかは、シャルンも知らない。知っているのは、ヘクサメロンの一大プロジェクトにハウリ人以外の兵士や技術者が関与していることだけ。

ペリー・ローダンはシャルンの好奇心をわしづかみにした。根気よく説き伏せつづけ、謎を解き明かしたい気にさせたのだ。その理由から、かれはいま中央データ処理施設を訪れようとしている。

リフトを使い、さらに先へ進んだ。

すると突然、にぎやかなホールに出た。ロビーのような場所で、ここから各方面へ行けるらしい。壁の案内図を見ると、現在地は中央データ処理施設がある塔のまんなかあたりだとわかった。

塔の建造者が制御エリアを設計したのはずっと下方だ。そこでシャルンは方向転換してべつのリフトを使い、目的地を最下階にセットした。下に着いたところで、また身分認証プロセスがあるだろう。

リフトキャビンがゆっくり下降する。なぜここでは反重力シャフトでなく、リフトが使われているのか？ シャルンにもわからないが、保安上の理由だろう。

そのとき、思考の奥深くをかきまわされるような感覚をおぼえた。この教育施設全体に、プシ＝サイバー・フィールドが張りめぐらされているのだ。だが、一般にハウリ人はこうしたシステムのプシオン・インパルスに対する感度が鈍く、ましてシャルンやシャアはこれをブロックする技術をジアックで習得している。むしろペリー・ローダンのほうが大変だろう。テラナーの言によれば、ベンタングではプシ＝サイバー・システムから逃れられたということだったが。

リフトキャビンがほとんど気づかないくらいにひと揺れし、停止した。

目の前にあるのは明るく照らされた巨大ホールだった。グレイのコンピュータ・スクリーンがいちめんに並び、ハウリ人の要員が忙しく作業している。忙しくといっても、あちこち動きまわるのではない。その反対で、効率を重視する姿勢があらわれていた。シャルンがきてもひとりも頭をあげず、こちらを見ようともしない。

だれが身分認証をするのだろう？　認証なしでなかに入れるとは思えなかった。すくなくともここ、中央データ処理施設の塔においては。

　そこでようやく気づいた。ホール天井の数メートル下に、頭ほどの大きさの球状ロボット一体が浮遊している。鏡のように光を反射する金属表面に、グリーンのシグナルが光って見えた。どういうプログラミングがされているのかは不明だが、この手の監視ロボットはウシャアル星系のいたるところにいる。場合によっては支配者ヘプタメルの側近、〝炎の鏡〟が近くで観察していたりするが……そういった高位のハウリ人が些末《さまつ》な認証作業などに時間を割《さ》くことはないだろう。

　球状ロボットがゆっくり下降してきて、床上二メートルのところで静止した。ボディから軽いハム音が聞こえたと思ったが、現実なのか思いこみなのかわからない。シャルンは数秒のあいだ、中身を詰めこみすぎた入れ物みたいに頭が破裂しそうな気がした。だが、必死に自制する。興奮したところでなんにもなるまい。マシンは基本的に、外見からそう感じられるほどには敵対心を持たず、機能に徹している。決められた規程にしたがっているだけだ。ジアックの者は信頼できると、プログラミングには明確に記載されているはず。それでもシャルンの妄想はとまらなかった。

〈ロボットはわたしの修道服を剝ぎとり、床に押し倒すだろう。こちらの欺瞞《ぎまん》はすべてお見通し。ハウリ人たちに向かい、〝種族のなかに裏切り者がいます！〟というだろう。

憎むべきカルタン人に連れてこられた男が、ハウリ人のもとで生まれたかのようにふるまっている。どうしてかれがハウリ人の名に値いするのだ？〉

やがて小型ロボットは観察を終え、作業員たちの頭上の定位置にもどっていった。

このあいだにシャルンのほうはすっかり自制をとりもどした。だれも使っていないコンソールを目で探し、ホールのいちばん奥に発見。さまざまな機器類が置かれたアルコーヴのような場所があり、監視ロボット二体が立っている。そこに端末が一台あった。

席につき、スクリーンを作動させる。とっかかりとなる事実はいくつかあった。まず、ペリー・ローダンがエペルストで試験を受けたことはわかっている。結果はたぶん合格だろう。標準的ハウリ人もかなわない徹底した知識を披露し、六日間教義を篤く信仰しているように見せかけたのだから。

次に、試験官がローダンとそのカルタン人の友ナイ・レングを訓練して〝制御マスター〟にすると言及したことだ。訓練センターの最終目的はシャルンも知らないが、ローダンがエリートの輪に加わるというのは想像できる。そのことから運よく、ナイ・レングがじきに入る予定の宿所が判明した。そこにローダンの第二の友、アッタヴェンノクのベオドゥもいるはず。

シャルンは端末を使って、異種族訓練センター敷地の見取図をプリントアウトした。学習者のレベルごとに分かれた宿所、発電所や食糧供給ホール、そしてもちろん教室といった付帯設備がすべて表示されている。

もうひとつのスクリーンにはエペルムからの輸送便がすべて通知されている。信仰心も技術知識も申しぶんないと判断された合格者が、ロボット輸送船でテクノゾーンに送られてくるのだ。しかし直近の予定ではたった一隻、非常に優秀な成績をおさめた者が乗る船の到来しか通知されていない。これだ！　シャルンはその船の到着予定時刻および識別番号をしっかり記憶した。

ローダンの計画を最高にうまく運ぶための道を、ついに見つけたということ。宿所の件やほかのすべてをあとまわしにし、この輸送船に全神経を集中しよう。

エペルムで乗りこんだ異種族の全データは輸送船のシントロンに記録される。したがって、ペリー・ローダンという名の乗客が目的地に着いていないことを船は把握しているはず。ここまでは規定どおりだ。シントロンはタルウル到着までのあいだに指向性ビームを使い、〝生きた積み荷〟に関する全情報を中央データ処理施設に転送することになっている。なぜエペルストでそうしなかったのかはわからないが、これはシャルンにとって非常に好都合だった。あとはひとつプログラミングを追加するだけで、輸送船の積み荷データにいくつか細かい点をくわえられるから。

目的のデータ結合個所にアクセスするのはかんたんではない。しかしシャルンはこの分野に関して、広範囲にわたる教育をジアックで受けてきた。なにもかも自力でやれる……ただ、ここではもう一歩進んで、不法行為に手を染めることになるけれども。

阻害プログラミングのかたちで追加部分を入力した。これで、ロボット輸送船が乗客データを転送したとたんにインパルスは迂回し、シャルンが任意に選んだ記憶バンクに到達する。するとプログラミングにしたがって、乗客の数が一名増える。こうして、ペリー・ローダンの特徴やベオドゥおよびナイ・レングとの関係と一致する仮想の客が生まれるのだ。あとは仮想客の名前を変更するだけ。いまからこのテラナーはアナシントだ。銀河ノースサイドの一惑星でよく聞かれる語をすこし変形させた名前である。

引きつづき、輸送船の〝荷下ろし作業〟についてつぶさに調べた。乗客は訓練センター最大の宇宙港で下船したのち、全員で次の移送を待つらしい。それからルーチンどおりに一ハウリ人が名前を呼びあげ、それぞれの目的地に連れていかれるようだ。

シャルンは信じられない思いで事実を確認した。こうしたくわしい知識をすべて手に入れることができ、しかも運に恵まれたペリー・ローダンのような者だけが、実際このような作戦に打って出られるのだろう。

こんどは自分が運だめしする番だ。シャルンは端末の画面を最初の状態にもどし、ヘクサメロンの大計画に関するデータを呼びだしてみた。だが、〝チェオバド〟や〝異種族の処遇〟といったキイワードで検索してみても、秘密の記憶バンクに直接入りこもうとしても、答えは得られない。とうとう、あきらめた。警報が鳴らなくてさいわいだったと思うしかない。あとの情報集めはローダンにまかせよう。

立ちあがり、アルコーヴから外に出た。

ふと上を見あげ……驚きでかたまってしまった。頭に酸素が運ばれなくなったような感覚をおぼえる。

すぐ目の前に球状ロボットが浮かんでいたのだ。金属表面からクリック音が聞こえた気がするが、思いこみなのか事実なのかわからない。シャルンは無理やり平静をよそおい、球体をちいさく迂回して、なにごともなかったように歩きだした。ロボットになにか目撃されたはずはない。モニター画面は自分の背中でかくれていたし、アルコーヴは完全な死角にあるのだから。おこなわれた操作を球状ロボットがすべて再確認するのは、明確な疑いをいだいた場合だけだ。

一歩ごとにシャルンはそう確信した。

ロボットにとってはルーチン作業なのだ。もうすこしで引っかかるところだったと気づき、緊張で破裂しそうになる。

リフトに乗って上昇し、塔中央のロビーまで行った。方位確認してから、きた道へと足を踏みだす。この時間、地下輸送フロアはまったく混んでいない。理由は不明だが、シャルンは長く考えることなく、手近な輸送カプセルに乗りこんだ。マーキングした全体図をポケットからとりだし、カプセルのコンピュータに目的地を入力。

数分後、階段シャフトを通って戸外に出たときは、安堵のあまりくずおれそうになった。グライダーは駐機した場所にそのままある。座席に乗りこみ、スタートさせた。しだいに交通の流れが機をテクノゾーン周縁部に運んでいく。かれはネミースにコースをとり、三十キロメートルほど進んでから急カーブを切った。

ローダンはまだそこにいた。サーモ毛布を並べてひろげ、居心地よさそうな寝床をつくっている。明るくやわらかい色の顔に緊張と期待感が浮かんでいると思ったが、ちがうのかもしれない。異種族の表情を読みちがえるのはよくあることだ。

「どうだった？　うまくいったか？」テラナーは寝床から起きあがりもせずに訊いた。

「すべて順調だ」

その声は、シャルン自身にとっても単調でそっけなく聞こえた。すくなからぬ緊張ととてつもない罪悪感のせいだ。ついには押しつぶされそうになり、精神がショートしてしまう。かれはわれを失い、やみくもに砂漠へと飛びだしていった。

〃おまえはハウリ人で、しかも裏切り者。このふたつが並び立つことはけっしてない〃と、本能が呼びかけてくる。シャルンはその声にひたすら支配されていた。

＊

「われわれ、なにもせず、手をこまねいているしかないのか」

ベオドゥは宿にひとつだけある窓の近くに立ち、人通りのない小道を眺めていた。かれはアッタヴェンノク種族で、ヴェンノクの祖先にあたる小型種だ。いつもはゆったりした長い衣服を身につけているが、いまは時間がなかったのでなにも着ていない。身長は百五センチ。革のような皮膚が鼻づらや四肢をゆるくおおっている。その外見でもっとも奇異なのは頭部だ。鼻づらに見えるのはじつは口で、発話と栄養摂取に使われる。目は退化した〝頭翼〟の先端にある。

ペリー・ローダンは一時間前に姿を消していた。ハウリ人の水使いとの決闘はどうなったのだろう。ローダンが敗北しなかったことを祈るのみ。ちいさなアッタヴェンノクにとり、いまやテラナーは親友だ。ローダンを失ったかもしれないと軽く考えることなどできない。まして、いまみたいな状況では……

「そんなに悲観的になるな」

ちょうど入ってきた男カルタン人、ナイ・レングがいった。本当はちがうのだが、無愛想に見える。年齢は標準年で八十を超えているだろう。酒に酔ったようにぎこちない動きだが、その陰にはしなやかな筋肉がかくれている。しかも抜け目ない性質の持ち主とあって、貴重な相棒なのだった。

「これからどうすればいいんだよ?」ベオドゥは挑戦的な口調で応じた。「ペリーが生きのびたか、それさえわからないのに」

「どうするかははっきりしている」ナイ・レングはまったく冷静だ。どうやら、いまは自分よりかれのほうが頭脳明晰らしいと、ベオドゥは思った。「ペリーは〝タルウルへの門〟にくるようにと呼ばれ、そこへ行ったんだ。それを額面どおりに受けとれば、タルウルにいるはず！　ベオドゥよ、友のあとを追い、まだ生きているかどうか探そう。二日後にはわれわれもテクノゾーンへ出発するのだから」

ナイ・レングやペリー・ローダンとともに、ベオドゥもヘクサメロンの奉仕者となるための試験を受けた。エペルムはその目的に特化した惑星だ。非ハウリ人の知性体が六日間教義をひろめたければ、ここでハウリ人の適性試験に合格する必要がある。ただ、ベオドゥまでがテクノゾーンでの訓練に参加できるのは、ひとえにローダンのおかげだった。アッタヴェンノクは従者としてめざましく活躍できるとテラナーが主張したため、かれも船に乗れることになったのだ。

「わたしに考えがある」と、ナイ・レング。

「なに？」ベオドゥは心ここにあらずだった。ローダンとの再会を期待して胸をふくらませ、チェオバドにかくされた秘密を探りだす場面を思い描いていたから。それがこの冒険の最終目標なのだ。ウシャアル星系の第五惑星チェオバドはハウリ人によって封鎖されている。これについて三人であれこれ推測したところ、例の〝物質シーソー〟がチェオバドから操作されているとローダンは確信した。物質シーソーとは、タルカンからメエコラーへ物質が遷移するたびにその逆方向移送をおこなうシステムだ。

このプロセスはこれまでにつごう二回、実行された。カルタン人がほかのカンサハリヤ種族と協力し、ハンガイ銀河全体を四分の一ずつ二回、移送したのである。そして同時に二回、テラナーの故郷宇宙から一銀河団がタルカンに遷移した。ローダンのさしせまった目標は、チェオバドの制御ステーションをどうにかして使えなくすること。そのため、かれはアンクラム星系に宇宙カプセル《レダ》を送りだした。《レダ》が増援を連れてくるだろう。それがせめてものベオドゥの願いだった。運がよければ、じきにベングエルかジュアタフ・ロボットを乗せた最初の船がウシャアル星系にあらわれるかもしれない……

「おい、ベオドゥ！」

ナイ・レングはむっとしている。アッタヴェンノクは自分がぼうっとしていたことに気づき、すまなそうな顔になった。

「わたしに考えがあるといったんだが……」

「わかったよ、ナイ・レング。どんな考えか聞かせてもらえるかな？」

「いいとも」カルタン人はすぐに機嫌をなおした。「ペリー・ローダンがどうなったか、すこしだけでも知る方法がひとつある。つまるところ、かれは赤いハウリ人と決闘したわけだ。そのシュプールは容易にたどれるはず。シュプールが〝タルウルへの門〟につづいていれば、ペリーは向こうに着いたことになる。だろう？」

「たしかに！」ベオドゥは破顔した。その表情がカルタン人には伝わっていないとわかったが、気にしない。急いでグラヴォ・パックつき防護服を身につけ、その上からゆったりしたケープをはおると、最近つねに携帯しているベルトでとめた。「行こう！」

宿の管理人はなにもいわずに行かせてくれた。ベオドゥのほうはヴァックに一瞥《いちべつ》もくれない。タルウルに招かれてテクノゾーンで学ぶ自分は、老ハウリ人より階級が上だから。とはいえ、かれもベオドゥがローダンの従者にすぎないとは知らないだろうが。

ふたりは宿のドアを出てすぐに戦いのシュプールを発見。道路の素材が溶けてガラス化し、水たまりのようなくぼみができていた。ローダンが相手より先に撃たないことをベオドゥは知っている。これは水使いの発射痕だ。まだほかにも見つかるだろう。

「これはすくなくともクレーターではない」と、ナイ・レング。

「つまり？」ベオドゥはじりじりして訊く。

「赤いハウリ人の武器がさほど強力なものではないと結論できる。運がよければ、ペリーは防御バリアで持ちこたえたはず」

「ああ……かれの装備は非常に高性能だからな。しかし、水使いが何回命中させたかはわからない。どんな強力なバリアでも、連射されれば崩壊してしまう」

ふたりはその日一日、しょっちゅうとぎれる不明瞭なシュプールを追って進んだ。ときにはビームの発射痕やそれに似たものが、一、二キロメートルも見あたらないこともあった。だがついに、木造の小屋ひと棟が完全に燃えつきているのを発見。

「ここで戦ったのだな」ナイ・レングがいう。「われらの友はじつに巧みだ。木が燃えだせば、おそらくハウリ人は視界をさえぎられて往生したはず」

「だれも負傷してなければいいが」と、ベオドゥ。

「それはないだろう」ナイ・レングはまだくすぶっている焼け跡をのぞきこみ、「このあたりはよく知っている。住居はなく、倉庫群だけだ。それに、戦いは早朝におこなわれたのだし」

シュプールはここでとぎれていた。ふたりはそこから五キロメートルたらずの場所にある建物、〝タルウルへの門〟にまっすぐ向かう。だが、百メートル手前まできたところでとめられてしまった。ヴェンノク二名とハウリ人一名が道路にバリケードを設置し、だれも通れないようにしている。

「べつの道を探そう」

カルタン人の提案にベオドゥも乗った。ところが、もよりの側道もバリケードで封鎖されている。ほかの道を順に見ていったが、どこも同じ。あやしげな〝門〟までたどりつくことはできそうもない。アッタヴェンノクはあきらめの境地だった。

「ここで待ってろ」と、ナイ・レング。「わたしは年よりだが、それでもカルタン人だ。どうにか突破して、ようすを見てくる」

ベオドゥがひとことも発しないうちにカルタン人は消えていた。ネコ生物だから、音をたてずに忍び歩くのはお手のものだよな……と、かれは思った。

待ったのは五分だけ。

ナイ・レングが近くの縦穴から姿をあらわし、そっとベオドゥに近づいた。

「わかったぞ！　〝タルウルへの門〟は瓦礫になっていた。どうやら、建物内部で爆発があったらしい」

「ペリーのしわざだ！」

「たしかに、かれが一枚嚙んでいるだろう。願わくは生きのびているといいが」

「まちがいない。生きているさ。かれのやりそうなことだ。なにが起きたか知らないが、だれだってペリー・ローダンは死んだか行方不明になったと考えるはず」

ナイ・レングは軽く舌打ちし、

「きみはかれを不死身だと思っているのか？」

「そんなこと思っていない！」ベオドゥはいきり立つ。「ただ推論を述べただけだ。あんたが自分でいったんじゃないか、ペリーはタルウルにいるはずだと。もしそうなら、〝タルウルへの門〟には転送機があったってこと。理屈は通るよな？　その転送機が爆発したと考えれば、これも理屈が通る。そこにしつこい追っ手がきたわけだから」

ナイ・レングはしばらく黙っていたが、やがてうなずいた。

「たしかに。わたしもきみの説に賛成だ。とはいえ、あまり調子に乗るな。ペリー・ローダンと再会できても、危機的状況でかれを過信しすぎては命に関わる」

「わかってるよ」ベオドゥはなだめるような口調を心がけた。「さて、宿にもどって待つとしようや。われわれの輸送船がスタートするのはあさってだ」

日没の二時間前になると、老カルタン人はアッタヴェンノクをのこして姿を消した。どこへ行くのかと、ベオドゥは訊かなかった。べつに気にならない。結局、ナイ・レングはこの町で長く暮らしていたのだ。別れを告げておきたい友も何名かいるだろう。

それにひきかえ自分は……そう考え、心が痛んだ。チャリフ星系での事件があって以来、女アッタヴェンノクとの接触も、親しい相手と話すこともない。ペリー・ローダンという友はできたが、けさ早くにいなくなってしまった。ローダンはものごとを動かす力のある男だと、ベオドゥは思っている。一瞬の出来ごとが惨事につながっていないよう、祈るばかりだ。

＊

黒い輸送船はハウリ艦隊のなかでよく見る三胴船だった。数日前にローダンがいったとおり、この手の船にハウリ人要員は乗っていない。単純な惑星間フェリーなので、ロボットによる自動操縦だ。

ベオドゥは輸送船の発着場に立ち、目の前にひろがるエペルスト宇宙港の景色を見ていた。カルタン船にヴェンノク船、マモシトゥの要員が運んできた壊れかけの球形船のほか、どの種族が使うのかわからない宇宙船がすくなくとも二十種類はある。すぐ近くでは、ヘクサメロンの新米門徒が五十名ほど集まって輸送船のスタートを待っていた。ウシャアル星系第十五惑星エペルムから、テクノゾーンのある第八惑星タルウルへ向かうのだ。訓練生の半分はカルタン人とヴェンノクだが、あとは見たことのないヒューマノイドばかりだった。自分がいかに宇宙を旅してこなかったか、ベオドゥは思い知らされる。

「もうじきだ」ナイ・レングがいった。

ベオドゥはかれのほうを見て、

「なぜわかる?」

「カルタン人は目がいいのさ。エアロック・シグナルが点滅するのが見えた」

アッタヴェンノクもハウリ人の三胴船に目を凝《こ》らしてみる。すると本当に数秒後、下極エアロック・ハッチがスライドして開き、暗い空間への開口部が生じた。いちばん近いところに立っていた一ヴェンノクが、反重力ビームの作用範囲に入る。一秒のあいだ、方向感覚を失ってもがいていたが、やがてバランスをとりもどして上昇していき、音もなく開口部に吸いこまれた。

　ほかの者たちもみな順番に地面から浮きあがり、船内に入っていく。

「われわれも行こう！　もうすこし近づくんだ」

　ナイ・レングの言葉でベオドゥも前に進み、最後のグループとともに輸送船に収容された。高さ二メートルを超える円錐形ロボット一体がエアロック室でかれらを出迎え、識別マークをチェックして通廊に送りだす。そこにほかの門徒たちも集まっていた。

「なにをするのかね？」と、ナイ・レング。

　ベオドゥはその言葉をたんなる修辞疑問と受けとった。輸送船が第八惑星までの短い距離を進むあいだ、ここにいればいいのは明らかだから。おもむろにしゃがみこみ、壁にもたれていった。

「こうして待つのがいちばんだ。休めるうちに休んでおこう」

　飛行は三時間が過ぎてもまだつづいた。この手のグレードの船なら当然ついている加速圧吸収装置のおかげで、衝撃はまったく感じない。スタートから四時間になるというとき、ベオドゥははっとした。かすかな物音が聞こえた気がしたのだ……通廊のどこかからではなく、自分の脳から。おのれの思考内にひそむ〝声〟の存在に気づき、思わず身をすくませた。遠くから、なにかささやきかけてくる。

「下船の準備を」

通廊の近くにハウリ人のロボットが立っていた。ベオドゥはあわてて気をとりなおし、苦労しながらどうにか立ちあがる。血のめぐりをよくするため、何度か屈伸して手足をのばせばよかったかもしれない。

「行くぞ」と、ナイ・レング。

ベオドゥは老カルタン人のあとからエアロック室に入った。最初に目についたのは、惑星タルウウルの赤みがかったグレイの空だ。一キロメートルほど先に着陸床がひろがり、ベトン製の長屋のような低層建物と境界を接している。その向こうにはさまざまな形状のビルが空に屹立《きつりつ》していた。驚いたことに、建築家が遊びでつくったように見える紡錘形の塔もいくつかある。

しかし、それはありえないだろう。ハウリ人は遊びで塔を建てたりしない。かれらはひたすらヘクサメロンの教義を……

〈ヘクサメロンは事実だ。七の日の支配者ヘプタメルはそう語っている。うめき声が宇宙に響く。痛みは完成にいたる道だから〉

さっきの〝声〟だ！

声はどこからともなく生じ、理解できるメッセージとなる。ベオドゥは混乱した。支配者ヘプタメルの言葉なんか、ばかげている。ヘクサメロンの教えは神話をもとにしたたわごとなのに。

　本当にそうだろうか？

　かれはうしろめたさをおぼえて自問した。すると数秒間、声に脅されるような感覚がある。氷のごとく冷たい輪が頭翼を締めつけ、もぎとろうとするかのようだ。だが、やがてその感覚は過ぎ去った。これはプシ＝サイバー・システムだと、かれは思った。ハウリ人は適性試験の結果を信用していない。だから念には念を入れ、すべての訓練生を自分たちの側に引きこもうとしているのだ。さっきの思考は脳の端から端へと移動し、どこかに消えてしまったが。

　ナイ・レングがかれをそっと前に押しやる。

　ベオドゥはカルタン人のすぐあとから反重力ビームで着陸床におろされた。そこにロボットがもう一体いて、今後ともに学ぶことになる者たちにつづけと指示する。全員、着陸床の中央にある低層建物へと向かっていた。なんでもない建物に見えるが、すくなくとも二百名が出入口の前に集まっている。ほとんどがヒューマノイドだ。

　アッタヴェンノクとカルタン人もそこにまじって待った。これからどうなるのか、いずれわかるだろう。

「いったいどうした？」ナイ・レングが訊く。

「ええと……」ベオドゥはしばしためらったのち、「うまくいえないが、ヘクサメロンの教義について考えなおしていたんだ」

ナイ・レングは茫然としてアッタヴェンノクを見つめ、ほかの者に聞かれないよう声を落として、

「いや、わたしは悪くない教えだと思ったぞ」と、ささやいた。百年に一度の大発見をしたみたいに。

たしか、と、ベオドゥは思いだした。ナイ・レングには六日間教義と戦うもっともな理由があったはず……

〈一の日はちいさな空間に押しこめられた原初の力の震えとともに終わりを迎える。一の日のあとにはあらたなはじまりが生じ、原初の力がちいさな宇宙の境界を押しひろげていく。新しい宇宙が生まれ、原物質の輝く雲の上に支配者ヘプタメルが……〉

「ちがう！　そうじゃない！」ベオドゥは押し殺した声でつぶやいた。

〈……漂うだろう。宇宙の強大な仕事をなしとげ、それをつねに更新しつづける、シャムウの地の神々に敬意を表して〉

「こんどはなんだ、ベオドゥ？」

「なんでもない。気にしないでくれ、ナイ・レング」

自分を混乱させるこの感覚がどこからくるのか、ベオドゥには見当もつかなかった。

だが、なにも問題はないとじきに確信する。思考の奥底から響いてくる声を、もう気に

することはない。その声が一時間前から聞こえはじめたことは、うすうす感じていたのだが。

「ほら、あれを見ろよ!」

ベオドゥはナイ・レングの注意をそらすことができてほっとしたように、上を見た。陰気な色の空に一ハウリ船の輪郭が浮かびあがる。三胴船はしだいに大きさを増し、ベオドゥたちを運んできた船の隣りに着陸。ハッチが開き、大勢の乗客がおりてきた。こんどはほとんどが非ヒューマノイドだ。

そこから近い場所では貨物グライダーが列をなしていたが、ベオドゥは気にとめることなく、いま着いたばかりのヘクサメロンの門徒のほうに気をとられていた。みな、どこへ行くべきかわかったらしく、こちらに近づいてくる。

数秒間、その場がにぎやかになった。

すると、低層建物からグレイの修道服姿のハウリ人が一名あらわれた。グレイはタルウルの住民だけが着用する色らしい。あれは誘導係だろう。ベオドゥはこれまでカーキベージュの……あるいは一名だけ、赤い……衣服の者しか見たことがないが。ハウリ人はマイクロフォンを使って話しはじめ、その声が建物のスピーカーから響きわたった。

「よく聞け。もうすぐここに浮遊バス三台が着陸する。一番、二番、三番と書いてある。順に名前を呼ぶから、各自でバスに乗りこむのだ。遅れることのないように。わかったな？　バスではエペルムで諸君に交付された証明書をチェックし、ロボット輸送船のシントロンにあるデータと突き合わせる。それも遅滞のないよう願いたい。以上だ。諸君が正しきものへの信仰を怠らなければ、ヘクサメロンのよき奉仕者になれるぞ」

なってみせる、と、ベオドゥは思った。

自分が？　いまのはおのれの考えなのか？

そのとき、浮遊バスが建物付近におりてきた。ハンゴル語でなくハウリ語でなにか書かれている。

「どのバスがどの番号か、どうやって知るのだ？」と、ベオドゥ。

「心配無用」ナイ・レングだ。「わたしはハウリ人と長く関わってきたから、かれらの使う文字くらいわかる」

誘導係のハウリ人は、おびただしい数の名前が書かれたリストを順に処理しはじめた。新米訓練生の列がしだいに減っていく。のこり半分くらいになったとき、ベオドゥと老カルタン人の番がやってきた。

「われわれのバスは三番だ」ナイ・レングはいちばん左に着陸したバスへと、いちもくさんに向かった。

ところが、カルタン人がいきなり立ちどまったため、ベオドゥはその背中にぶつかってつまずいてしまう。そのとき、かれは信じられない思いで目をみはった。本能的にからだを起こし、なるべく人目を引かないように気をつけながら、口を開いた。

「あなたは、ペリー……」

「アナシント！」そのとき、誘導係が呼んだ。「アナシント、三番に乗れ」

三人で浮遊バスに乗りこみ、うしろのほうのはなれた席にすわる。ベオドゥはまだ衝撃から立ちなおれなかった。口を開けたまま、ここで再会したのが信じられずに友を見つめる。これは偶然か、それとも計画の一部なのか？　聞いておかなければ。

〈英知の小径《こみち》を軽んじる不信心者からは悲鳴があがるだろう。種族は死に絶え、星々は消え去る。これは浄化だ。六の日を生きのびられるのは、ヘクサメロンの書の真理を信じる心を持つ者だけだから……

不信心者の種に注意せよ。それは芽を出し、あらたな存在の敵となるだろう……〉

ベオドゥは困惑し、かぶりを振った。思考の奥深くに不信感が芽生えている。

「どういうことか説明してもらおう、ワキアン」と、アッタヴェンノクはいった。

4

「とまるんだ、おい！」ペリー・ローダンは叫んだが、渇ききった喉が痛み、うまく声が出ない。それでもシャルンを追いかけた。まるで、自分の領地だからハウリ人のあとを追うのはしごく当然だというかのように。

シャルンの通った道は浸食された岩におおわれ、非常に進みにくい。数百年のあいだ、はげしい温度変化にさらされたため、岩が粉砕されてこぶし大の石になり、そこらじゅうに転がっているのだ。つまずいて負傷するのではないかとローダンはひやひやしたが、一歩ごとにうまく進めるようになり、とうとうシャルンに追いついた。本来ならありえそうもないが、相手の精神状態に問題があるせいだろう。ハウリ人も度を失えば、その身体能力はかなり制限されてしまうらしい。

「待てったら、シャルン！」

ローダンはすぐそばまで近づいた。相手の息づかいや足音も聞こえる。シャルンが砂がちの斜面を通過しようとしたとき、チャンスが到来。ハウリ人の脚に跳びつき、引き倒した。ところが、猛烈な抵抗を受けてしまう。どんな動きをしたのかこちらがまったくわからないでいるうちに、気がつくと上にのしかかられていた。

「いいかげんにしろ！　わたしはきみを助けたいのだ！」と、ローダン。

「助けたい？」

　信じられないというように、ハウリ人の声が震えている。テラナーの言葉に、心の底から当惑しているようすが見てとれた。だが、ようやく理解したらしい。ローダンの頸を押さえていた手をはなし、立ちあがった。

「失礼した」と、恥じ入るように、「自分で自分がわからなくなってしまった。おそらく……ああ、なんといったらいいのか。さっきの場所にもどろう。すべて計画どおりにやったが、いくつか伝えておきたいこともある」

　ローダンは相手の説明を待ったが、シャルンがそれ以上なにもいわず歩きだしたので、自分も立ちあがってあとを追った。宿営地にもどると、水の容器からひと口ふた口飲んで渇いた喉をうるおし、ようやく目下の同盟者であるハウリ人を見つめた。

　シャルンはテクノゾーンに向かったときとくらべ、絶望的なようすだ。どうしたのだろう？　見当もつかないが、もしかしたら同族とのコンタクトが原因かもしれない。

「なにがあったか順を追って説明してくれ。それがいちばんいい」

「そうだな、ペリー・ローダン」

シャルンはローダンの言葉を真の救いと思ったかのように、感謝の念をこめて見あげ、異種族訓練センターでの体験を語った。運よく浮遊ロボットに意図を見破られずにすんだことを伝え、ローダンが計画に沿って訓練に参加できるようにするための準備について、決定的な部分を最後にくわしく説明する。

「まだほかにもある」と、ハウリ人。「もしわたしが事情を知らなければ、あなたのもくろみは失敗すると伝えていただろう。だが、すでに一度ベンタングでプシ＝サイバーにうまく対処したのだったな？」

「そのとおりだ。訓練センターにも、プシ＝サイバー・フィールドが展開されそうな場所がどこかにあるのか？」

「もっと悪い。センターの建物全体がつねにフィールドの影響下にあるのだ。プシオン性作用に抵抗できない者なら、数日でヘクサメロンの教義に洗脳されてしまうだろう」

ローダンが惑星ベンタングでプシ＝サイバー・システムに抵抗できたのは、ひとえにネット・コンビネーションのピココンピュータがみずから介入したおかげだ。くわえて、このシステムのプシオン性フィールドは精密な仕事に向いていないらしく、かれの記憶には穴や矛盾があった。それを考えると、外部から操作されてはいないはず。

訓練センターのプシ＝サイバーはおそらく、目的を限定して導入されているだろう。六日間教義に対する信心がぐらついている門徒を〝説得する〟ことだけが目的だ。これに対しては、ローダンは充分に準備ができている。

「わたしはプシ＝サイバーの影響を防御する装置を開発したのだ」と、打ち明けた。これを聞けば、シャルンの精神的動揺もやわらぐだろうと思って。「ペダスという。わが母語による名称の省略形だ。運がよければこれで防げるだろう」

「では、心配いらないな？」

「いや、問題がふたつある。まず、仲間の存在だ。わが友ベオドゥとナイ・レングも、うまくすればタルウルにやってくるはず。かれらはどうなる？　わたしはペダスをひとつしか持っていない」

「だったら、かれらはプシ＝サイバーの影響を受けてしまう。カルタン人もアッタヴェンノクも逃れることはできない。それはたしかだ」

「きみたちハウリ人は対抗手段を持たないのか？」ローダンはがっかりした。

「そんなものはない。必要ないだろう？　われわれハウリ人は生まれつきプシオン作用に免疫を持つし、多くの者はそれに抵抗するための補助訓練も受ける。われわれにとり、プシ＝サイバーは敵に対する武器なのだ」

「なら、きみたちはどうやって、そのような武器をここまで完璧に開発できたんだ？」ローダンは疑念をおぼえた。「こうした装置を開発するさい、ふつうはなんらかのかたちでみずからの身に影響がおよぶものだが……」

「プシ＝サイバーを開発したのがわれわれだとは、ひとこともいっていない」

「なんだと？　だったら、だれが開発したのだ？」ローダンは突然、なにか重大な事実のシュプールをつかんだように感じた。

「わからない。ひょっとしたらハウリ人かもしれないが、ほかの者かもしれない。だれも知らないし、考えたこともないと思う」

「まとめよう。わたしと友ふたりはプシ＝サイバー・フィールドに自力で対処する必要がある。そういうことだな？」

「そういうことだ、ペリー・ローダン」シャルンは慎重に答えた。「だが、もうひとつ問題があるのではなかったか？」

「ああ、そうだ！」

　とはいったものの、いまの話題から気をそらすのはローダンにはむずかしかった。今後はハウリ人の行動を追うばかりでなく、なによりその動機を追求すべきかもしれない。それはいま推測している以上に、ヘクサメロンや支配者ヘプタメルといった概念と関係があるのではないか？

「もうひとつの問題はかんたんに解決できると思う」と、つづける。「証明書の件だ。わたしの新しい名前はアナシントだといったな。つまり、その名が書かれた偽造証明書が必要になる」

ここではじめてシャルンの表情が変化し、笑みのようなものが見えた。

「もう用意してある」ハウリ人はグレイの修道服のうしろを探り、ポケットからちいさな四角形の物体をとりだしてローダンにわたした。

「IDカードか。なにもかも考えてくれたのだな」テラナーは感心する。

「エペルムで使われているのと同じものだ。疑われることはけっしてない」

「では、作戦開始だ」

　ローダンは立ちあがり、近くの小高い場所に登って周囲を見わたした。あすにはすべての問題にひとりで向き合うことになる。ベオドゥとナイ・レングがやってくるのは確実だが、運が悪ければ、かれらとともに行動することが致命的ハンディキャップになるかもしれない。すべてはプシ＝サイバーの強さがどの程度かにかかっている。友たちは内なるジレンマに悩まされるはず……しかし、ローダンはまさにそこを利用するつもりでいた。

　ことは思っていたより複雑で、しかもずっと危険だ。

もう、チェオバドの制御ステーションに行って破壊工作をおこなうことだけを考えてはいられない。いまのところ、状況はますます困難になっている。だが、それでもなんとかなるはずだと、ローダンは思った。ちいさなアッタヴェンノクの夢想家、ベオドゥ。ぼさぼさ毛皮の老カルタン人、ナイ・レング。アイデンティティの危機をかかえたハウリ人の協力者、シャルン。そしてタルカン宇宙における異邦人、ペリー・ローダン……この四名がそろえば、なんとかなる。

*

翌日、ローダンとシャルンは早朝に出発した。

テラナーは最初、貨物グライダーのコクピットでハウリ人の隣りにすわっていたが、テクノゾーンまであと数キロメートルというところで後部スペースにかくれた。アナシントの到着は最後のほうだから。半時間のあいだ、なにも見聞きできなかったが、やがてグライダーががくんと停止したのがわかった。

シャルンがグライダーのバックハッチを開ける。

「もう出てきて大丈夫。ここならだれにも見られない」

ローダンは用心深く後部から外に出た。薄暗い小屋のような場所にいるのがわかる。いまシャルンが閉めたらしいドアにのぞき窓があり、わずかな明かりが室内に入ってきていた。

「そこから外のようすがぜんぶ見えるぞ、ペリー・ローダン。あとはタイミングを待つばかりだ」

ローダンは窓から外を眺めた。この小屋が建っているのは宇宙港の敷地の端で、近くにも似たような建物がならんでいるのがわかる。いまはどれも無人のようだ。二百メートル先にハウリ船一隻が着陸し、ハッチが開いて乗客の群れが降りてきた。船は三つの部分に分かれた三胴船だ。ほとんど黒に塗ってある。船尾部分は先端が細くなった円錐形で、長さ百五十メートル、もっとも太いところの直径は四十メートル。そこから突出した中央部分は半分ほどの大きさで、船首部分も同じく長さ七十五メートル。船首は平均で厚み四十メートル、前方に向かって細くなっており、全体的にほかの部分よりも重厚な外見だった。

一キロメートル先、着陸床との境界にはグレイの低層建物がならんでいる。その向こうに見えるのは、ハウリ人の建築様式によるビルだ。ここに到着してすぐにローダンが目にしたものである。

「いま出てきた乗客を見たか？」シャルンが訊いた。

「もちろんだ！」ローダンは質問の意図をはかりかね、いぶかしげに眉をあげた。

「すべてデータどおりなら、あれが第一陣だ。輸送はあと二回おこなわれる。全員が下船したら、さらにそこから三つのチームに分かれ、訓練センターに連れていかれる」

「友ふたりはどの船に乗っているだろう？」

「くるとしたら、二隻めの船だ」

「くるとも」ローダンはそう期待していた。ベオドゥもナイ・レングもかなり抜け目ないから、なにをすべきかわかっているはず。「二隻めが着陸したら、どうする？」

「三隻めの到着を待つ。それが着いたら、ヘクサメロンの奉仕者候補が三百名近くひしめいて大混乱になるだろう。あなたはそこにまぎれこめばいい。かんたんだ」

ローダンはハウリ人の計画についてすこし考え、それがベストだと結論した。心理的問題をかかえていても、シャルンのやりかたは首尾一貫していて抜かりない。一時間後、二隻めの輸送船が到着し、門徒の数は二百名にふくれあがった。ベオドゥとナイ・レングの姿は見つけられなかったが、視野がかぎられているのでしかたないだろう。

ところが、三隻めがあらわれる前に、ネット・コンビネーションのピココンピュータがシグナルを発した。ローダンは小屋の反対側のすみに引っこみ、

「どうした？」と、ささやいた。

「自分で考えつきませんでしたか？」ピココンピュータの質問には人間めいた皮肉がうかがえた。「プシ＝サイバー・フィールドの影響はいかが？」

「なにも感じない」

「その件です。ペダスは問題なく機能するとはいえ、確実性をもとめる必要がありました。まずはベンタングのデータをここの数値とすり合わせなくてはならなかったので」

「で、結果は？」

「実際、プシ＝サイバーの作動を測定しました。ただ、フィールドの強度が変化しない

かぎり、あなたに影響はありません」

「ベオドゥとナイ・レングはどうだ？」

「かれらは無理です。防御ゾーンの最大半径はあなたの頭部の周囲だけですから」

　シャルンがのぞき窓のところでじれったそうにいった。

「もうすぐだ。三隻めが着陸した」

「いま行く」ピコンピュータがそれ以上なにもいわなかったので、ローダンは先ほどの観察場所にもどった。数分待って外の騒ぎがもっとも大きくなったところを見はからい、シャルンにつづいてドアを出る。だれもこちらに注意をはらわない。ハウリ人がつきそっていれば、異人の身元は保証されたようなものだから。

　三百名ほどの者が低層建物の前に集まっていた。ほとんどはヒューマノイドだ。みな、建物から出てきた一ハウリ人を見つめている。ローダンは振り向いた。最後にもう一度シャルンを見て、はげましの言葉をかけたいと思ったのだ。だが、かれはすでに姿を消していた。

　スピーカーを通じて、門徒たちの名前が順に呼ばれていく。そして、ふたつのことが同時に起きた。

「アナシント、三番に乗れ」というハウリ人の言葉をトランスレーターがインターコスモに自動翻訳する。そのとたん、友に出くわしたのだ。

「あなたは、ペリー……」

ベオドゥだった。驚いている。ちいさな友と再会できたのは無上のよろこびだったが、プシ＝サイバーの影響はどうなのだろう？　アッタヴェンノクはまだ自分をたもっているのか、それともヘクサメロンの教義の信奉者となってしまったのか？

「わたしのことはアナシントと呼んでくれ。説明はあとで」と、ローダン。

ここでヘクサメロンの話題を持ちだすのはできるだけ避けたい。かれらは同じ浮遊バスに乗りこみ、うしろのほうのはなれた場所に席をとった。ローダンは窓から外を見た。ハウリ船が三隻ともスタートし、みるみるちいさくなっていく。

「ピコ！」かれはほとんど聞こえないくらいの声でささやいた。

ネット・コンビネーションのマイクロシントロンが、同じくちいさな音声で応答。

「プシ＝サイバー・フィールドが作用しています。すくなくともベオドゥとナイ・レングはかなり不安定な状態です」

このときローダンはようやく友の顔をまじまじと見た。そしてベオドゥの次の言葉で、最悪の懸念どおりになったことを確認したのである。アッタヴェンノクの声は不信感に満ちていた。

「どういうことか説明してもらおう、ワキアン」

＊

かれらの宿所は隣り合った三つの部屋からなっていた。三人いっしょに、ほかの訓練生に先んじて宿所に到着。室内には形状可変ベッド一台とちいさなデスクがあるだけで、あとの調度類は皆無だ。自由時間はほとんど認められないだろう。ここにきた理由はほかにあるのだから。

「盗聴装置はどうなっている？」ローダンはピココンピュータにささやいた。

「ベッドの上にマイクロフォンを発見」と、応答がある。ローダンはそちらに目をはしらせたが、なにも見あたらない。ピココンピュータとは耳のうしろにつけた音響センサーを介し、ほぼ無音でやりとりしていた。「あとは天井に小型カメラがありますが、いまはオフになっています。作動したら知らせます」

ローダンは満足し、ベオドゥとナイ・レングのもとへ行った。さいわい、長く話をしている時間はない。すでに地下居住区域に入るさい、一ハウリ人から何度も念を押されたのだ……遅れることなく、いちばんひろい教室へ集まるようにと。

ほとんどヒューマノイドからなるほかの訓練生の一団とともに、三人は各宿所をつなぐ環状通廊へと急いだ。通廊の壁はなんの装飾もなく一様で、その調和を乱す唯一の例外は、黒い小型清掃ロボットが置かれたアルコーヴのみ。ピココンピュータによれば、ここに監視システムのたぐいはないらしい。ローダンは宿所に入ったときに驚いたのだが、なぜカメラやマイクロフォンで室内を監視するのだろう。プシ＝サイバー・フィールドがあれば敵さえもヘクサメロン信者に変えられるのに、過剰な処置ではないか？異種族に対するハウリ人の不信感は、故郷惑星においてさえ、神経症に近いものがある。

とはいえ、当然かもしれない。そういう性格なのだ。

「またいっしょになれたな」ローダンはベオドゥとナイ・レングに近づいた。ふたりとは慎重にやっていく必要があるし、なにより自分がどう見られているか気をつけないといけないが、この目でようすをたしかめたかったから。

カルタン人もちいさなアッタヴェンノクも、あわててうなずく。かれらの頭のなかでなにがくりひろげられているか、ローダンは目に見える気がした。もとからあるほんものの信念の隙間に、プシ＝サイバーが異質な思考を詰めこんだため、それらのあいだで葛藤が起きているのだろう。

教室の前がちょっとした渋滞になっている。ローダンとベオドゥ、すこし遅れてナイ・レングがドア前に着いたとき、原因がわかった。教室の前にせまいロビーがあるため、なかに入りにくくなっているのだ。そこは向かい合った壁二枚にはさまれ、べつの道へ進む分岐スペースのようになっている。

いちばんひろい教室というのは、実際は巨大なホールだった。

ヒューマノイドの体形に合わせた席が三百以上あり、ベンチの縁には形状可変シートが三十ほど置かれていた。ローダンと友ふたりはずっと奥の場所にすわることにした。

場内がしずかになると、演壇近くのそれまで見えなかったドアが開き、一ハウリ人があらわれた。グレイの修道服を身につけ、がっしりしたブーツを履いている。身長は二メートルほどだから、ハウリ人の平均だろう。

「わたしの名はヤーマン・ナル・ウルヒイ」威厳ある声が大ホールのすみずみまで響きわたった。「諸君の指導主任だ。エペルムからの情報にもとづき、これから能力別にグループ分けをおこなう。制御マスターになるべく訓練されるのは数名で、ほとんどの者は技術助手だ。それには小グループによるディスカッションおよびヒュプノ学習が必要となる。このホールで実施されるのは信仰に関する講義のみだが、参加は義務であり決定事項だ。とりあえず、諸君の知るべきことは以上。各自、宿所にもどり、インターカムの呼び出しを待つように。ホールを出るさい、各種設備全般をしめした見取図を受けとること」

宿所にインターカムがあったとは気づかなかった。もしかしたら、デスクに組みこまれているのかもしれない。すぐに探しだせるだろう。ローダンはそう思い、ベオドゥとナイ・レングのあとから環状通廊に出た。そこでカーキベージュのコンビネーション姿のハウリ人から、びっしり印刷されたプラスティック・フォリオ二枚を手わたされる。

三人でなにもいわずに通廊を進むあいだ、ローダンは地下教育施設の見取図をじっくり検分した。居住区域があるのは施設の最外縁で、大ホールもその近くにある。あとはごくちいさい教室から中くらいの実験室までが、二平方キロメートル以上におよぶ範囲にならんでいた。

地図によれば、自分たちの宿所から五十メートルもはなれていない場所に唯一の出入口がある。これが利点かどうかはいずれわかるだろう。まずは数日ようすを見て、現状における可能性をおちついて判断し、それから行動を決めるつもりだった。なにより、ベオドゥとナイ・レングのためになにができるか知りたい。というのも、ふたりをあまり長くプシ＝サイバーの影響下においてはならないのは確実だから。長時間にわたって思考をゆがめられたら、ヘクサメロンのしもべが二名増えることになってしまう。

さらに、今後の行動を決定づける第二の要素はベングエルとジュアタフ・ロボットだ。かれらの部隊がウシャアル星系にあらわれるまではなにもできない。それまではただ、偽装がばれないよう祈るしかなかった。

*

「あなたの推測どおりでした」ピココンピュータが知らせてきた。「インターカムはデスクに組みこまれています。天板じたいが通信装置の共鳴板になっているのです。まさに経済的なやりかたといわざるをえません」

　ローダンは部屋に帰る道すがら、だれも見ていないときを見はからって、ベオドゥとナイ・レングにマイクロフォンとカメラのことを伝えておいた。ふたりとも驚いた顔で、なぜそんなことを気にする必要があるのかと訊いたが、その声に怪訝《けげん》なようすがにじみでているのがわかった。よく考えてみればそうだろう。友ふたりのすくなくとも意識の奥には、もともとの使命がまだ息づいているのだから。

「アナシントに告ぐ。セクションＤ、七十八番の部屋へくるように」スピーカーの耳ざわりな声がローダンの思考を破った。もちろん、かれがいまだにうまくあやつれないハウリ語だ。ネット・コンビネーションのトランスレーターが自動翻訳する。

　ローダンは立ちあがり、通廊へ出て、地図を見ながら当該セクションを探した。はじめて大ホールの反対側にあるセクションへの立ち入りを認められたということ。とはいえ、信頼を得たわけではないだろう。カメラが自分の挙動を追っているかもしれないし、場合によっては自動分析プログラムが作動しているかもしれない。

　セクションＤ、七十八番の部屋までは遠くなかった。

開閉メカニズムは見あたらないが、数秒もそこに立っていると、ふいにドアが開く。

「どうぞ！」なかから低く豊かな声が呼びかけた。ヤーマン・ナル・ウルヒイだと、すぐにわかる。「入りたまえ、アナシント」

ローダンは指示にしたがった。部屋はちいさく、せいぜい十平方メートルといったところ。複雑そうな多機能装置がひとつと執務デスクのほかはなにもない。そのデスクの向こうにハウリ人がすわっていた。

「きみがアナシントか」

ヤーマン・ナル・ウルヒイの声にはどこかローダンを警戒させるものがあった。

「はい」と、応じる。

「きみのような者はいままで見たことがない……」

「わたしは北のほうにある一惑星の出身です。弱小種族なので、だれも故郷惑星を去る手段を持ちません」

「そこまでくわしく説明しなくていい、アナシント」相手の言葉はどちらかといえば友好的だが、それでも氷のような冷酷さがうかがえる。かれはローダンに証明書の提出をもとめ、それを多機能装置のスリットにさしこんだ。「エペルムの試験官による記録を読んだ。きみはとくにすぐれた受験生だったらしいな。なにが理由と思うかね？」

「わが両親は、故郷のなかでは裕福な身。わたしは可能なかぎり最高の教育を受けさせてもらい、ほかの惑星でも学んできました」かれは誇らしげにいい、高慢なふりをしてみせた。これにヤーマン・ナル・ウルヒイが引っかかるといいのだが。ハウリ人のメンタリティからすると、こういう性格をネガティヴに受けとるはず。おのれのほうが格上だと思いこむだろう。

「なるほど」ハウリ人は、ローダンがいまはじめて気づいた一モニターに集中して、「きみには友ナイ・レングとともに、最高ランクの訓練を受けるクラスに入ってもらう。むろん、このクラスでは高度なものが要求されるが、きみたちはいまやヘクサメロンの目的のために奉仕するのだ。〝命は無にひとしい、重要なのはその使いかただ〟と、支配者ヘプタメルはいった。この言葉を考えたら自分の命の意味もわかるな、アナシント」ヤーマン・ナル・ウルヒイはふいに責めたてるように、「では、きみが従者を連れてきたのはどういうことだ？」

その件でトラブルになるだろうと予想はしていた。ベオドゥはエペルムでの試験で望ましい結果をのこせなかったため、かれをここに連れてくる可能性はひとつしかなかった。ローダンはアッタヴェンノクを自分の従者だと主張したのだ。

「集中力に関わることなので」と、自己弁護した。「従者ベオドゥはルーチンワークを引き受けてくれるし、親友でもあります。わたしの時間的・精神的負担を軽くする存在なのです」

「今後は従者なしでやってもらう。だいたい、エペルムでこれを許可したのがまちがいだ」

ローダンは、いまは逆らわないほうがいいと感じた。七の日の支配者ヘプタメルの言葉による決定にはしたがわなければ。

「ベオドゥはどうなりますか？」とだけ訊いた。

「ここにきたからには、役にたつようつとめてもらうぞ。ほかの者と同じく信仰教育を受けさせ、ハウリ語も学ばせて、あまった時間には使い走りのようなことをやらせる。さて、ではアナシント、きみの訓練計画を組み立てよう。そのさい、肉体の休息も考慮するつもりだ」

それから半時間のあいだ、ヤーマン・ナル・ウルヒイは特殊な科学分野についてローダンに質問し、訓練のたりない部分を洗いだした。それが終わると、びっしり書きこまれたフォリオを一枚わたす。高周波ハイパー物理とその制御技術、および関連する専門分野の訓練を、一日に十六時間おこなうという内容だ。そのほか、さっき話に出た信仰教育とハウリ語の授業もある。

「で、これらすべての目的は？」最後にローダンは訊いた。決定的質問を堂々とくりだす唯一のチャンスかもしれない。「もちろん、ヘクサメロンの大計画については理解していますが、それ以上のことを知りたいのです」

ヤーマン・ナル・ウルヒイの目にグリーンの炎が燃えはじめた。まぎれもなく、信仰に根づいた興奮のあらわれだ。

「なぜそんなことを訊く、アナシント？」

「訓練の目的を知ることが自分の助けになり、本質的な重要事項に注意を向けられると思うので」

「ならば、きみの教師にとっては訓練の目的こそが核心なのだと、どうか心にとめてもらいたい。きみがヘクサメロンの信奉者であることはもはや疑っていない。だが、きみはハウリ人ではない。それが問題なのだ」

相手は本気で憤慨している。ローダンはこの話題を持ちだしたことを後悔した。だが、せめてリスク覚悟でやってみる必要があったのだ。

「出すぎたことをいったとしたら、申しわけありません」

ヤーマン・ナル・ウルヒイの興奮は、生じたときと同じく、たちまち消えた。

「よろしい。では、またのちほど。これがきみの新しい証明書だ。つねに持ち歩くように」ハウリ人は多機能装置からプラスティック・プレートをひとつとりだし、ローダンに手わたした。

5

ハウリ人の水使いシャアがペリー・ローダンを見失ったのは、焼け落ちる小屋のなかだった。数分前に死んでいるはずだったのに、なぜ異人はこちらの最初の攻撃をかわせたのだろう。だれかに警告されたのか？ シャアはこの作戦がはじまる前に水を半リットル飲んでいたため、からだの内部が燃えるようで、あらがいがたい行動欲にさいなまれていた。数秒後、幸運にも手首のミニ探知機によって、異人ローダンのシュプールをふたたび突きとめることに成功。

獲物はまさに〝タルウルへの門〟に向かっていた。

タルウルでは兄シャルンが手をこまねいて、作戦終了を待っている。シャルンに助けをもとめようかとも思ったが、説明しているひまがない。異人は実際、タルウル行きの転送機がある、大聖堂に似た建物をめざしたわけだ……偶然だろうか？ だとしたら、かなりありそうもない偶然といえる。

ローダンまで距離はあったものの、こちらは狙いをつけてすぐに発砲したのだ。なのに、ビームはすべて相手の防御バリアに阻《はば》まれた。水使いになって以来、これほどあからさまな敗北を喫したのははじめてである。ハウリ人のからだは基本的に真水を受けつけないが、シャアはその真水を大量に摂取することで、だれも太刀打《たちう》ちできないほどの力を得るのだ。かぎられた時間なら、麻痺ビームさえはねかえす。

背中の容器にはつねに水を満たしてあった。だが、水に中毒性があることもわかっている。数分前の失敗はそれが原因か？　中毒のせいで調整能力が混乱したのか？　もしそうなら、結論はひとつ。すみやかに自害するしかない。

しかし、いまはその段階ではないと、かれは自分にいいきかせた。まだ異人を亡《な》き者にできる。

ペリー・ローダンは炎に包まれたバラックから脱出し、逃げ去った。いまはもう命中ビームを浴びせることはできない。だが、獲物が〝タルウルへの門〟に入ったのはわかった。偶然ではあるまい。

数秒後、シャアの目にもその建物が見えてきた。壁は砂漠の岩を磨いてつくったように見える。実際にそうなのかもしれない。だが、かれが注意を引かれたのはべつのことだった。一瞬、ペリー・ローダンを見かけたのだ。門の内部につづく唯一のドアを、力ずくで突破することなく入っていく。

ありえない……

だが、たしかにこの目で見た。シャアは高所から鳥のごとく急降下し、地面の数メートル上で最大限の制動をかけると、コード・シグナルを発信する。ドアは反応しない。この事実でわかったことはただひとつ。シャルンだ。幼少期の半分をともにすごした、あの兄が関わっているにちがいない。

ドアにビームを発射。外側の材質はたちまち溶け落ちたが、内側の支柱はそのままのこっている。それも突破できそうだと思った矢先、思いもよらない出来ごとが起きた。目の前にまばゆい閃光がはしったのだ。大聖堂が爆発する、と、かれは思った。これは予想していなかった。

すばやく反応できたのは、ひとえに水のおかげだ。跳びすさり、地面に着くより早く防御バリア・プロジェクターに触れ、なかば本能的に防護服の全エネルギーを投入。殺人的な衝撃とともに、道路のすみに文字どおり吹っ飛ばされる。

そこで気を失った。実際の爆発を感じることはなかった。

*

シャアはやっとの思いで目を開いた。

周囲には視界をさえぎる不格好な機器類がならび、そのあいだにハウリ人数名が見える。かれは身ぶりで注意を引こうとした。なにが起きたのだろう？　思いだせない。

たしか〝タルウルへの門〟が爆発して……そこで突然、かれは正気にもどった。だれかが自分のようすを心配して、ここにある機器類を設置したのだ。防御バリアが作動中で、外からオフにすることも身体状態を診断することもできないから。これはエネルギー吸引装置だろう。バリア内の生物に危険をおよぼすことなく、作動中の防御バリアをこじ開ける唯一の手段である。

シャアは立ちあがって手を振り、バリア・フィールドを切って叫んだ。

「こんなことをする必要はない！　きみらのボスにそう伝えろ」

エペルム当局に真相を説明する気はなかった。タルウル出身のハウリ人は、どこの同族からも上位者とみなされる。その神話が事実に即していることを、外部からの助けなしに証明してみせないと。自分には水使いという地位に対する責務があるのだ。水使いが敗北することはない……死ぬことはあっても。

シャアは近くにとめてあった車輛に無言で乗りこんだ。阻止する者はいない。かつて〝タルウルへの門〟があった場所は、エペルム当局によって環状に遮断されていた。もう一度だけ瓦礫の山を振りかえり、もよりの宇宙港に向かう。そこで半時間ほど、タルウル行きの惑星間フェリーが定員枠を満たすまで待った。

基本的にふたつの可能性が考えられる。シャルンと異人は爆発によって死んだか、あるいは門にあった転送機を使ってジャンプしたか。もし前者ならば、シャアの任務は完了だ。六の日の迅速な進行に、あらたに寄与したということ。

そうでなければ、シャルンもペリー・ローダンも生きていることになる。その前提で考え、タルウルのテクノゾーンを捜索しなければなるまい。なぜかそうしたくない気がしたが、無理に感情を押しこめた。自分がどう感じようと関係ないのだ。だいじなのは支配者ヘプタメルの意志のみ。

やがて、かれの乗ったフェリーはスタートし、四時間でタルウルに到着。エアロックに立ったとたん、砂漠の冷たい空気が頬をなでた。長い旅から帰ってきたような、不思議な気分だ。シャアは背嚢の容器から水をひと口飲むと、グライダーを調達し、テクノゾーンの最上層に位置する交通網に最短ルートで合流した。居住区の周縁部にある目立たない建物に向かう。

外から見たかぎりでは、受け入れステーションは無傷のようだ。

あらためて防御バリアを展開する。ブラスターを抜き、なかに入ろうとした。ところが、開閉メカニズムがなぜか反応しない。地区の警察組織に応援をたのみ、大型サーモ銃でドアを溶解してもらった。ここでシャルンと異人が見つかることは絶対にないだろうが。

やはり思ったとおり、建物内部は存在しないも同然で、隔壁や装置がすべて溶け落ち、床をおおっていた。またもや可能性はふたつ。まず、転送ルートがまるごと爆発……つまり送り出し部と受け入れ部が同時に失われたというものだ。現実的とは思えないが、理論上はありえる。

　もうひとつ考えられるのは、偽装工作の可能性である。シャルンと異人が自分たちのシュプールを消すために、エペルムとタルウルの転送ステーションを爆破したのだとしたら？　すくなくともシャルンは、弟が追跡してくるとわかっているはず。

　証拠を探そう。獲物とそのハウリ人協力者が生きのこったとすれば、ふたつの道が考えられる。テクノゾーンに逃げこんだか、あるいはウシャアル星系にあるほかのステーションに転送されたかだ。

　かれはまず警察へ行き、あやしいものを発見しなかったか、近くの全住民に訊いてまわらせた。そして実際、ある病人の証言を得る。どこかのドアがすこし開いてまた閉まったのを、のぞき窓から目撃したらしい。だが、だれも外には出てこなかったという。かならずしも重大証言とはいえない。ドアの誤作動かもしれないから。ただ、シャルンと異人がデフレクターを使って外に出たとも考えられる。爆発が偽装工作だとすれば、筋の通る説明だ。しかし、どこからどこまでが偽装なのか？　シャアは迷路に入りこんだような気がした。正直にいうと、だれかの助けがほしい。だが水使いという立場上、それは禁じられている。

　かれはテクノゾーンの探知機を組み合わせて、すべての転送記録をリストアップした。

問題の爆発地点は記録状態が劣悪で判別不能だが、ひとつ手がかりが見つかった！　だれかがタルウル到着の数分後に第十一惑星に向かったと記録されていたのだ。

どちらを探すか。テクノゾーンは広大だ。シャアにとって有利なのは、ハウリ人でないペリー・ローダンが非常に目立つという点だけ。だが、それはシャルンもわかっているだろう。もしもまだ生きているなら、あらかじめ用心するはず。第十一惑星は山がちで、とくに火山地帯が多い惑星だから、シャアにとっては成功の見こみがすくない。うまくすれば敵は一週間かくれていられる。

水使いは地面にすわりこみ、数秒間考えこんだ。そのあいだに水を飲む。すると、その成分がからだじゅうを駆けめぐり、より明晰に考えられるようになった。なにか見落としたことがあるはず。かれは探知機のリストをもう一度じっくり調べた。エペルムとタルウルの爆発は数分の差で起きている。シャルンとペリー・ローダンがまだ生きていることはたしかだ。

ウシャアル第十一惑星にある探知ステーションにハイパーカムをつなぐ。係員の話では、タルウルでの爆発からほぼ二十分後にそこでも爆発が記録されたという。このことからシャアは最後のシュプールを追うと決めた。ほかはすべて偽装だろう。

次のフェリーで第十一惑星に向かった。シャルンが異人といるところを見たら、どうすればいいのだろう。殺すしかないかもしれない。自分の兄を……

第十一惑星には探知ステーション数カ所のほか、ちいさな宇宙港しかない。あとは自然のままである。

*

転送機はタルウル側と同じく破壊されていたので、惑星内移動には武装グライダーを使うしかない。偶然に探知シグナルをキャッチできるように祈るだけだ。

シャアはテクノゾーンでの出来ごとにも目を光らせ、一日に何度か流れる臨時ニュースを転送させた。ウシャアル星系はハウリ人の秩序ある中央世界だが、最近は驚かされた昆虫の群れみたいに騒がしい。大きな出来ごとがさしせまっているせいだろう。憎きカルタン人が数日後に、ハンガイ銀河の四分の一を異宇宙に遷移させるという。これで三度めだ。チェオバドでは緊張の時を迎えているはず。

シャアはいくつかの火山や深い亀裂まであちこち調べたが、なにも見つからなかった。しだいに確信が強まる。兄と異人はテクノゾーンにひそんだにちがいない。偽のシュプールを駆使して惑わすやりかたはシャルンらしくないから、考えたのはペリー・ローダンだろう。とはいえ、まだあきらめる気はなかった。タルウルでできることはすべて、ここからでもできる。運がよければ、臨時ニュースのどれかが、探しているシュプールにつながるかもしれない。

ところが、とどいたその手のニュースはまったく別種類の内容だった。

ハンガイ銀河の次の四分の一が、期限が過ぎても遷移しなかったのだ！

カルタン人あるいはカンサハリヤの二十二種族による同盟が、なんらかの理由から計画を変更したらしい。これが大惨事につながるのかどうかは、もちろんわからない。それを知るのはチェオバドにいる、支配者へプタメルの代理人だけだ。それでもシャアは、この遅滞に憤慨した。六の日を可及的すみやかに終わらせることが自分たちの使命だというのに。

やがて、次の事件が起きる。

ウシャアル星系はどうしてしまったのだ？　これらはすべて、ペリー・ローダンという異人が登場してからはじまったではないか。

第七惑星の高軌道に、リニア空間から未知の宇宙船団が大挙して出現したのだ。シャアはその経緯をグライダーの高感度探知機で追った。最初は百隻だったが、二百隻、五百隻と増えていき……ついに四千三百五十五隻がエペルムの方向に移動をはじめた。そこが当座の目的地らしい。そのすこし手前で大船団はふたたびリニア空間にもぐり、しばらくしてまたあらわれた。数隻はチェオバドとタルウルの軌道にいる。

半時間後、この部隊はジュアタフ・ロボットとベングエルの宇宙船からなることが判明。シャアにペリー・ローダン殺害を命じて送りだしたジアックの黒幕は、こうした詳細を見逃していたのだ。かつて〝マグフルウ・マグハアの迷子たち〟と呼ばれたベングエルとジュアタフ・ロボットは、異人ローダンをあやしげな指導者〝イマーゴ〟とみなしている。おそらく、ローダンはかれらの助けを借りる気だ。この大船団はうっかり攻撃できない。そんなことをしたらハンガイ全体が大騒ぎになるから。場合によっては、真相をたしかめようとカルタン人が介入するかもしれない。いまウシャアル星系で戦闘が起きるのだけは避けたいと、ハウリ人種族は考えていた。

　こうなると、ペリー・ローダンの存在がますます重要になる。なんとしても見つけだして殺さなければ。

　それから二日間、シャアは第十一惑星にとどまったが、成果はなかった。そこへようやくタルウルからのニュースが入ってくる。それじたいは、なんということもない出来ごとに思えた。ある教師がテクノゾーンで信仰に関する講義をおこなっていたところ、意識を失って倒れたという。めずらしいことではない。だが、その教師の名前を聞いたとたん、シャアは耳もとで大鐘を鳴らされたごとく驚いた。ナルモン・アルド・ティイル……かれの組織は惑星ナンサルでペリー・ローダンに殲滅《せんめつ》された。ナルモンはおそらくウシャアル星系でただひとり、ローダンの風貌をおぼえているハウリ人だろう。

　シャアは最短ルートで宇宙港に向かうと、三胴船を一隻呼びよせ、二時間後にはタルウルにもどった。シャルンとペリー・ローダンにとっては災難だろうが、もう二度とシュプールを見失うものか。時間が押しせまっているのは明らかだから。

通信でだれかに協力をもとめることができない現状を、はじめて残念に思った。だが、自分は水使い。この地位に縛られた、ヘクサメロンの従者なのだ。

*

ペリー・ローダンはベオドゥやナイ・レングとともに行動したわずかな時間で、ふたりがプシ＝サイバーの作用を受けていることに気づいた。心ここにあらずという感じで、ものごとの判断がうまくできない。それでも、まだベオドゥのほうが影響はすくないようだ。ちびのアッタヴェンノクはおもにヤーマン・ナル・ウルヒイの使い走りをさせられているが、ヘクサメロンの大計画に関する情報はなにもなかったと主張した。ナイ・レングのほうはときおり授業で顔を合わせるものの、内容が頭に入らず理解できていないように見える。

そのほかにもさまざまな影響が、ふたりの思考内で矛盾を起こしていた。だが、じきに状況は変わるだろう。すくなくともベオドゥはローダンの防御装置ペダスを知っているのだから。テクノゾーンで再会して以来、その件にはまったく触れていないが。

その日の朝はヘクサメロンの信仰に関する最初の講義がおこなわれることになっていた。さらに、ほかの点でも重要な意味を持つ日だ。NGZ四四七年八月四日は、ハンガイ銀河の第三クォーターがローダンの故郷宇宙に移送される日だから。エペルムでの出来ごとからわかったのは、この移送と同時にハウリ人の物質シーソーが作動すること。それがウシャアル星系第五惑星チェオバドにあるのはほぼ確実だ。ハンガイの四分の一にあたる五千万の恒星集団と引き換えに、通常宇宙から三角座銀河の一部がこちらに遷移することになっている。どの一部かはわからない。

　とはいえ、この技術はまだ完成の域に達してはいなかった。わずかなミスひとつで、三角座銀河のかわりにM－13やテラがタルカンに送られてしまうかもしれないのだ。リスクは大きい。

　だからカルタン人の〝シーソーゲーム〟をやめさせるため、ローダンはドリフェル・カプセル《レダ》をアンクラム星系に送りだした。そのさい、よりどころとなったのはある重要な論点だった。三角座の住民はカルタン人の親戚である。五万年前にそこで地歩をかためたのだ。かれらを物質シーソーの犠牲にしてはならない、タルカンでの過酷な運命にゆだねてはならないと、ローダンはアンクラム星系で《レダ》に主張させた。同時にチェオバドのステーションを機能停止させると決めたのである……まだ遠い目標だが。

「夢を見ているのか、ペリー？」ベオドゥがいぶかしげに訊く。アッタヴェンノクは数日前からかれを〝ワキアン〟と呼ばなくなっていた。それはたがいのあいだに距離があることをしめす呼びかただから。

「すこし考えごとをしていただけだ」ふたりは大教室につづく環状通廊をできるだけゆっくり歩いていた。通廊は無人なので、心おきなく話せる。

「できればヘクサメロンの教義について考えてみてくれ。あなたが思っているほど悪いものじゃないよ」

「すこし前まではちがう考えだったと思うが、ベオドゥ」ローダンは用心深くアッタヴェンノクを横目で見た。だが、友に興奮したようすはない。

「気が変わったのさ」

「プシ＝サイバー・フィールドのせいだな」

「それはそうだが……」ベオドゥがためらう。「わかってほしい、ペリー。早急にペダスをとりはずしてはどうだろう。ナイ・レングとも話したんだが、はずしてもらうよう、だれかにたのんでみようか。そうすれば、あなたも真の教えを享受できる」

ついにここまできたか。友ふたりの状態は思ったより速く進んでいる。ローダンには、隣りでベオドゥが苦痛にもだえているように見えた。だが、もう教室の前だ。かれらはなかに入り、出入口近くの最後列に席をとった。

ヤーマン・ナル・ウルヒイが演壇にあがった。

「諸君のいかなる質問にも答えられる教師を紹介しよう。神官山ティイルの出身で、ナルモン・アルド・ティイルという。諸君の宗教問題担当主事だ」

ローダンは驚きのあまり、硬直した。ナルモン・アルド・ティイル！　よりによってここで再会するとは、どうしてそんなことになったのだろう。こちらの正体をとっくに見破られていた？　ハウリ人たちにからかわれたのか？　いや、それはない。たんなる偶然だろう。それに、こっそり教室を抜けだすチャンスは充分ある。三百名もの訓練生がいて、自分はさいわい最後列にすわっているから。

「ナルモン・アルド・ティイルだ」演壇のうしろのドアからあらわれたハウリ人が言葉を発した。ローダンは自席で身を縮める。「きょうは最初の講義なので、ヘクサメロンの書に出てくる六の日の歌からはじめる。よく聞くように。

〝神々の息子にしてエシュラア・マグハアスの支配者であるヘプタメルはかく語り、無知な者たちに教えを垂れる。六の日ははじまりの終わりである。六の日のはじまりを知らせる印は、賢者たちが解釈できる。炎の女神ギルラトゥが顔をあげ、熱がひろがる。星々の上空は彼女の力を……〟」

ばからしい、と、ローダンは思った。六の日の歌なら、ベンタングに強制的に滞在させられたあいだに、すでに分析ずみだ。間近に迫ったこの宇宙の終焉が神話めいた婉曲表現で記されている。歌の内容にはなんの意味もない。重要なのはそれを語る者だ……この場合は、シャアとシャルン以外にローダンの本名を知る唯一のハウリ人にほかならない。

「″……知らしめるため、オムファルの花のような輝きをはなつだろう。星々はたがいに動きだし、接近するだろう。うめき声が宇宙に響く。痛みは完成にいたる道だから。英知の小径を軽んじる不信心者からは悲鳴があがるだろう″」

最後の言葉を発したナルモンがこちらを見たように、ローダンには感じられた。だが、思いこみだろう。なにごともなかったかのように朗読がつづいたから。

しかし、いつ悲惨な状況になるかわからない。ローダンはポケットからひらたいコンビ銃をとりだした。それをデスクの下にかくしたまま、指先の感覚だけをたよりに銃身とグリップを分離。修復部品セットから細いマルチコア・ケーブルをとりだし、エネルギー・パックと放射フィールドをつなぐと、銃身を腕の下に滑らせ、右手まで持っていった。

これで、いざとなったらだれにも見られずナルモン・アルド・ティイルに麻痺ビームを発射できる。

だが、その後は行動に出るしかない。ハウリ人がいつまでも意識を失っているわけではないから。

それから数分間、張りつめた状態でようすをうかがったが、講義が終わるまでなにも起きなかった。ローダンはほかの者たちといっしょに教室を出る。ナルモン・アルド・

ティイルはすでに演壇のうしろのドアに消えていた。テラナーは群衆の動きにまぎれて、間に合わせの武器を目立たないようにネット・コンビネーションのポケットにしまう。とくにベオドゥとナイ・レングがこちらをじっと見ているのがわかったから。

「さてと、ペリー」テラナーとともに環状通廊に出たアッタヴェンノクは、「教師の言葉を聞いて納得したか？」

「まだ揺れている。たぶん、すこしは……」ローダンは慎重に応じた。ベオドゥとナイ・レングが自分の正体をハウリ人にばらすことだけは、なんとしても避けねばならない。その危険はおおいにあると、しだいにはっきりしてきた。「それより、あの教師に気づいたか？　チャリフ星系でわたしを殺そうとしたハウリ人だ」

　ベオドゥが振り向いた。頭翼が震えている。内なる葛藤で神経が高ぶっている証拠だ。

「ひとつたしかなことがある、わが友」と、ローダン。「ナルモン・アルド・ティイルがわたしの正体を知ったなら、きみたちもただではすまないぞ。そうなれば、ヘクサメロンに奉仕するチャンスは皆無となる」

「あなたにとってそれが問題なのか？」ベオドゥは急に不審に感じたらしい。

「わたしはただ注意喚起しただけだ」

　次の講義がはじまったので、それ以上おしゃべりをする時間はなかった。ローダンはここで興味深い専門的知識を得る。宇宙間物理に関する内容だ。あるいは、異なるストレンジネスを持つもののあいだの関係といったほうがいいかもしれない。それによると、一宇宙から異宇宙への転移は膨大なエネルギーが前提となって起きるのではないという。むしろ、操作回路と作用回路のあいだにおのずと類似性が生まれるためらしい。正しい出発点が見つかれば、すくないエネルギーで結果を得られるということ。ローダンの場合、故郷宇宙における出発点がドリフェルであることは疑う余地もなかった。

では、タルカンにおいては？　それを見つけなければなるまい。

*

その日はまだ終わらなかった。

ローダンはハウリ語の知識を増やすことに一時間以上を費《つい》やした。これまではほとんどの翻訳作業をネット・コンビネーションのトランスレーターにたよってきたのだが。なぜ自分をふくめた訓練生たちに対し、ヒュプノ・フードを使った速習レッスンで全知識を身につけさせないのかはわからない。

あと三時間の授業をのこすのみとなったとき、教師たちがざわめきはじめたことに気づいた。

きょうは八月四日……この日付を忘れることはけっしてない。アンクラム星系の者たちは《レダ》の主張に耳をかたむけただろうか？　移送は延期されたのか、それとも予定どおりに実行されたのか？

一時間後、ハウリ人二名の会話をこっそり聞くことができた。非常に不満げなようすだが、やはりくわしくは知らないらしい。そして、その日最後の授業時間にローダンは確信を得た。ふたたびハウリ人教師二名の会話に耳をそばだてたところ、なにかが決定的に失敗したらしいとわかる。

やった！　移送は延期されたのだ。

あとは、これに関する担保を回収すればいい。近いうちにチェオバドの制御ステーションを破壊するか、その機能を妨害しよう。そうしないと、プロジェクト機構が次の回避期限を移送に利用し、そのさい物質シーソーの一部が作動するかもしれない。ハウリ人はそれに乗っかればいいだけだ。そう考えただけでもローダンはおちつかなかった。

できるだけ早くベッドに入り、眠りこむ。

翌朝、ちいさなデスクからじかに聞こえてくるような声に起こされた。デスクがスピーカーの共鳴板になっていたことを思いだす。

「アナシント、聞こえるか？　こちらヤーマン・ナル・ウルヒイだ」

「聞いています」と、ローダン。

「いますぐわたしの部屋にきてくれ」

ローダンは急いでネット・コンビネーションを身につけ、環状通廊から指導主任の部屋に向かった。最初の日に行った場所なのでまだおぼえている。逃走しようとは考えなかった。それには最低限でも準備が必要だし、ヤーマンが真実に気づいたとも思えないから。だが、あるいは……いや、まさか。ナルモン・アルド・ティイルが自分に気づいたようすはなかったじゃないか。

ドアの前まできて数秒間、待った。センサーがローダンの到着を感知し、ハウリ人がなかから呼びかける。執務デスクの向こうにすわったヤーマン・ナル・ウルヒイは、好奇心と憤慨のまじった顔を向けてきた。そこにはハウリ人がもうひとり。シャルンだ。その瞬間のショックはかなりのものだった。だが、たとえ目の鋭い観察者でも、ローダンの顔に興奮の色を見ることはなかっただろう。

「なにごとです?」と、訊く。

「こちらはシャルン」指導主任が紹介した。「神官山ジアックの者だが、学習の進み具合を知りたいそうだ。偶然にきみの名前が記憶バンクから出てきたのでね、アナシント。持てるかぎりの知識を使ってシャルンと問答してもらいたい。いいな?」

指導主任の最後の言葉に脅迫めいた響きを聞きとったローダンは、うなずいた。

「おっしゃることはよくわかりました」

「それはどうかな」シャルンが意味ありげに口をはさむ。「ついてきてくれ。わたしの乗り物のなかで話そう。その後、きみを徹底的にテストする」

ローダンはふたたびヤーマン・ナル・ウルヒイの脅すような視線をとらえた。部屋を出てドアを閉め、通廊でシャルンとふたりきりになる。だが、言葉はかわさない。監視装置があるのはまちがいないから。

　シャルンの案内でリフトを使い、下降した。着いたところは訓練センターの地下輸送フロアにつづく通廊だ。タクシー・グライダーが一機とまっている。ふたりして乗りこんだとたん、ハウリ人は話しはじめようとしたが、ローダンは身ぶりで黙らせた。盗聴装置がかくれていないか、ピココンピュータが自動チェックするあいだは。

「このグライダーは安全だ」しばらくして、ローダンはいった。「やっと話ができるな。どうやってここにきたのだ？　なによりも、慎重に行動したか、シャルン？」

「もちろんだとも、ペリー・ローダン！」まるで仮面を脱いだごとく、ハウリ人の顔から重々しさが消えた。緊張とためらいが見てとれる。ローダンは自覚した。どうやら、わたしはベオドゥとナイ・レングだけでなく、シャルンの精神状態も心配しなくてはならないらしい。「訓練がうまくいっているか調査するため、ジアックから派遣されたとヤーマンには伝えた。かれはわたしに、制御マスター候補者から一名を任意に選んでテストしてくれと申しでた。で、リストのなかからあなたを選んだわけだ」

「じつのところ、わたしにとっても好都合だった」ローダンはためらいつつ応じた。

「つまり、きみと話したかったのだ。問題がふたつあってね。まずは、わが友ふたりが予想以上にプシ＝サイバーの作用を受けてしまっていること。あと数日もすれば、わたしを裏切って寝返るかもしれない」

「対抗策は？」

「そこだよ！　実際、なにもできないのだ。せめて短時間でもここから外に連れだすしかない。だが、それにはうまい口実が必要だし、そうなったあとはきみの助けがいる」

「考えてみよう」シャルンの声はすこしおちつき、ハウリ人特有の深く豊かな響きをとりもどしていた。「で、ふたつめの問題は？」

「そっちはより深刻だ。われわれは技術講義以外にヘクサメロンの信仰に関する授業も受けている。その教師というのがほかでもない、ナルモン・アルド・ティィルで……」

「あなたがチャリフ星系からきたと知ったのか！」シャルンが驚いて叫ぶ。

「そこまではっきりわかってはいない。だが、かれの目が偶然こちらをとらえたら、おしまいだ。逃げるしかなくなる。可能なかぎりベオドゥとナイ・レングを連れて」

「わたしはどうすればいい？　説明してくれ、ペリー・ローダン！」

「かんたんさ。一日のスケジュールでいつ信仰の授業があるか教えるから、その時間はつねにここにグライダーを用意し、逃げられるように待っていてほしい。それだけだ」

「まかせてくれ。手配するよ。これであなたの問題は解決したな、ペリー・ローダン。こんどはわたしの悩みを聞いてほしい」

それから二時間のあいだ、テラナーはシャルンをあらたに勇気づけようとつとめた。かれの心理的危機を解決してやり、シャアに対する恐れをとりのぞこうとした。だが、うまくいったかどうかはわからない。最後にもう一度、訓練スケジュールを伝え、いくつかキイワードを告げた。タルウルに寄り道したのちチェオバドに〝潜伏する〟という当初の目的は断念することになる。忸怩《じくじ》たる思いだがやむをえない。まだ危機的状況ではないものの、じきに命に関わってくるだろうから。

すべての出来ごとが終わりに向かっているのだ。

ローダンはシャルンとともに訓練センターまでもどった。宿所に到着したときは起床時刻前だったが、あと数分だけ眠ってもしかたない。頭がからっぽになった気分でベッドの上にうずくまり、殺風景《さっぷうけい》な壁をじっと見つめていた。

*

事態は次々に起きた。ローダンがちょうど高周波回路に関する授業を……すこしは興味の持てる内容だし、もっとも得意とする分野だ……受けていたときのこと。ピココンピューターが耳もとのマイクロ・スピーカーから告げた。

「おもしろいものを探知しました」

ローダンは周囲を見まわし、だれにも見られていないと確認してから、ほとんど聞こえないほどの小声で応じた。

「くわしく話せ」

「もちろん正確な探知ではありません。遠距離ですし、ここではわたしの技術装置も機能が制限されますので。それでも、ベングエルとジュアタフ・ロボットが到着したらしき徴候があります」

「どうしてわかった？」

「第十七惑星の軌道付近に、リニア空間から物体がいくつかあらわれました。確信は持てませんが、ジュアタフとベングエルの部隊でしょう。現時点でほぼ二千隻、さらに増えると思われます。お待ちください……結果を確認。非常に大きな一物体がはじけて、いくつもの小物体に分かれました」

「おそらくベングエルだ」ローダンは推察した。「アンクラム星系からここにくるまでのあいだに宇宙船集合体を形成したのだろう」

「そのとおりです。いまはほぼ三千隻の宇宙船になっています」

そのあと数分間、ローダンは授業のつづきを聞いた。演壇から投げかけられた質問に答えてハウリ人教師を満足させたのち、ふたたびピコンピュータに訊く。

「部隊のようすは？　最終的に何隻か判明したか？」

「四千三百五十五隻、プラスマイナス三パーセントの誤差。ジュアタフ・ロボットとベングエルの部隊が半々で、エペルムに向かっています……おや！　たったいま二千隻以上がふたたびリニア空間にもぐったと思うと、ウシャアル星系全体にちらばって物質化しました」

　ローダンは安堵し、授業に専念した。これで行動に自由裁量の余地が生まれたことになる。命に関わる状況になったら、〝イマーゴ捜索者〟たちに助けをもとめればいい。なぜなら、わたしはイマーゴなのだから……ベングエルとジュアタフ・ロボットが実際どういう意味でその名称を使っているにせよ。これまでは、ネズミのしっぽを追いかけるネコのごとくどこまでも自分を追ってくる者たちが疎ましいだけだったが、いまではその存在に心から感謝の念が湧いてくる。

　あと数日の辛抱だ。講義を受ければあらたな知識が身につくかもしれないが、いまは行動の時だとかれは感じていた。

6

授業内容はわざと断片的につくられていて、ペリー・ローダンがどんなに努力しても全体像を描きだすことはできなかった。訓練終了後に自分やほかの訓練生をチェオバドに連れていって任務につかせる気があるのかどうか、それすらわからない。逆にいくつかのことから、チェオバド行きはなさそうだと思えた。とはいえ、どこかほかの場所に似たような施設が建設されているにちがいない。あるいは、すでにそうした巨大施設が稼働中なのかも。

もうひとつ物質シーソーがあるとしたら、どういう目的のものだろう。それとも、そんなものはないのか？　やはりチェオバドに行かされるのだろうか？

イマーゴ捜索者たちの到着から二日めの終わり近くになっても、まだはっきりしたことはわからなかった。ベオドゥやナイ・レングとは話せない。というのも、ふたりを前にしたら言葉に注意する必要があるから。ゲシールか《レダ》が近くにいればと思うが、妻の居場所は通常宇宙だし、《レダ》の存在は感じとることもなかった。

その日、最後の授業は信仰についての講義だった。

そしてこのとき、もう心配ないと思いこんでいたことが起きたのである。ローダンはいつものようにナイ・レングやベオドゥと、最後列にすわっていた。ビーム兵器を改造した間に合わせのパラライザーを手に持ち、マルチコア・ケーブルでエネルギー・パックと接続する。これで準備完了。友ふたりが横からたしなめるように怪訝な視線を送ってくるが、気にしない。

ナルモン・アルド・ティイルがやや遅刻ぎみに大教室に入ってきた。声を張りあげて語りはじめる。

「本日のテーマはヘクサメロンの書、二の日の歌だ。〝二の日には星も地もなくなり、かたちあるものはすべて、とてつもない濃霧と燃えさかる炎のなかでひとつになる。完成のプロセスを加速するため、女神ギルラトゥが全力を発揮するから。

宇宙の境界どうしが接近し、その境界内に鉱物アル＝ティモンの色をした、耐えがたいほどまばゆい光が生じる……〟」

そこで突然、ハウリ人教師は朗読を中断した。深く落ちくぼんだ眼窩のなかから、いまにも両目が飛びだすのではないかとローダンは思った。ナルモン・アルド・ティイルの視線がまっすぐこちらに向けられた気がする。そうでないよう祈るばかりだ。汗が背中を伝う。思わず応急パラライザーの銃身を握りしめた。

ナルモン・アルド・ティイルはおもむろに立ちあがると、受講生たちのあいだを歩きながら、歌のつづきを読んだ。

「〝ギルラトゥの炎は不信心者の魂を狩り、アンヌトゥは女神の怒りの炎を前に逃げ場もかくれ場もなく、ついには滅んでかたちを失い、生命をなくして、白熱した宇宙の霧にまぎれてしまう……〟」

ハウリ人がしだいに近づいてくる。疑いをいだき、まっすぐ目標に向かって。そのあいだに、独白めいた歌の内容は二の日から四の日にうつっていた。

「〝このようにして四の日は不たしかなまま終わり、エテエクゥのなかにも、ヘクサメロンの大計画の実現を疑う者が出てくる。そうした者たちは袂《たもと》を分かつことになる。神々がこういうから……われらの言葉を信じない者に死を！〟」

最後の言葉を口にしたナルモン・アルド・ティイルがローダンの前に立ちはだかった。

テラナーは不自然なほどおちつきはらい、ハウリ人の姿を目に焼きつける……ヘクサメロンのシンボルがついたグレイの修道服、褐色の革を思わせる皮膚、痩《や》せさらばえて骸骨のように見える頭部。ふたりの視線が合った。この瞬間、妙に場ちがいな平穏が流れるのをどちらも感じていた。

ローダンはパラライザーを発射。ナルモン・アルド・ティイルが水使いでないことを祈るばかりだ。もしそうなら、麻痺ビームに耐えられるかもしれないから。だが、取りこし苦労だった。

　相手が硬直して床に倒れる。麻痺ビームを見た者はいない。それはたしかだ。

　ローダンは思った。くそ！　このあとどうなるのか？

＊

　周囲で訓練生たちが騒ぎはじめた。ナイ・レングと、ローダンがこの宇宙にきて以来もっとも古い友のベオドゥもふくめて。だれかが最初に驚きの叫び声をあげたが、なにが起きたか解明する気はなく、純粋に突発的事件をおもしろがっているだけらしい。ヘクサメロンの新米門徒など、みなこのようなものだろう。

「カルタン人の攻撃だ！」ローダンは声を張りあげた。「安全を確保し、教師陣に報告しろ！」

　完全に口から出まかせだ。カルタン人が攻撃してくるわけはない。たとえエペルムで試験を突破して潜入したカンサハリヤの工作員がいたとしても、タルウルではプシ＝サイバーの作用を受けるから。くわえて、訓練生たちに危険がおよぶことはありえないし、教師陣に報告する必要もないのだ。施設全体を制御するシステムがあるので、緊急事態ならとっくに警報が発令されているはず。

　それでも、ブラッフは成功した。

訓練生たちが続々と出口に殺到していく。ローダンはすばやくベオドゥとナイ・レングの手をとった。せまいロビーで人の流れに押しつぶされそうになったときも、三人ははなれずにいた。

「こっちだ！」喧騒《けんそう》のなか、ローダンはふたりに叫んだ。「通廊に出るぞ！」

「待ってくれ」と、ベオドゥ。頭翼の先端にある目がすごい勢いでぐるぐるまわっている。「これに関わっているのか、ペリー？」そういったあと、自分の質問の意味にはじめて気づいたように、「あなたがこの騒ぎを起こしたのか？」

「あたりまえだ！　ナルモン・アルド・ティイルのことは知っているはず。かれに気づかれたからには、きみらもヘクサメロンの従者にはなれないぞ」ローダンはさしせまった声でつづけた。「わたしを信じろ、友たち！　とにかく信じろ。絶対に失敗しない計画を立てたのだから。せっかく窮地を脱したというのに、こんな六日間宗教のしもべになるつもりか。さ、ついてこい。行くぞ！」

最後の言葉は命令だった。

ベオドゥと老カルタン人はようやく動きはじめた。かれらの目を見れば、ローダンの勢いに押しきられただけだとわかる。どちらも必死に混乱と戦っていた。この状態では、必要な命令をくだしたところで伝わらないのは明らかだ。ローダンはふたりを連れて環状通廊に出ると、宿所を横目に見ながら出口をめざした。ここからは人目につくにちがいない。施設のここにいるのは自分たちだけだから。

「あそこのリフトへ！」

　ローダンはスライドドアを開き、目的地を地下輸送フロアにセットした。だが、リフトは動かない。

「なにをする気だ、ワキアン？」

　ベオドゥが不安げに声を震わせる。〝ワキアン〟という呼び名を使ったところをみると、自分はまたかれに対する権威をとりもどしたらしいと、ローダンは思った。

　すこし考えてから、多目的ツールのひとつを使ってリフト操作盤の被膜をはがし、遠隔操作遮断回路をショートさせる。リフトが上昇しはじめ、地上階のすぐ下で停止した。輸送フロアだ！

「ただちに逃げるぞ」ローダンはベオドゥとナイ・レングを乱暴に引っ張る。

　リフトを出ると、鏡面張りの小型グライダー一機が見えた。それががたんと動き、こちらに向かってくる。

「心配いらない。あれは味方だ！」と、テラナー。

　グライダーは減速し、一メートルはなれたところで停止。貨物用の後部ハッチが開く。

　ローダンは友ふたりをつかんで機内に押しこみ、ハッチをばたんと閉めると、自分も乗りこんだ。操縦席にはシャルンがすわっていた。

「ナルモン・アルド・ティイルがなにか？　それとも……」と、ハウリ人が貨物室のふたりに意味ありげな視線を投げる。カルタン人とアッタヴェンノクはだんだん、なにが起きたのか理解してきたようだ。

「ナルモンにばれた」ローダンは簡潔に応じた。「ここから逃げる手立てを考えないと。スタートしてくれ、シャルン！　すぐに追っ手がくるかもしれない」

そういってから振り向き、疑いの目で友ふたりの顔を見た。どうやら、ふたたびプシ＝サイバーの作用を受けているようだ。ローダンはまだパラライザーを手に持っていたことを思いだし、すぐに決心して二度、発射ボタンを押す。友ふたりはその場にくずおれ、動かなくなった。

視線を前方にもどすと、戸外に通じる巨大な両開きハッチがゆっくり閉まりはじめていた。

*

ハッチの隙間がしだいにせまくなる。グライダーがはさまれ、乗員もろとも押しつぶされるのではないかと、すこしのあいだローダンは思った。ところが、シャルンは恐るべき精神力で出口に向かっていく。

どうにか成功し、見通しのきく輸送フロアで足止めされずにすんだ。もしかしたら、だれがナルモン・アルド・ティイルに一撃をくわえたのか、訓練センターのハウリ人たちは知らないのかもしれない。とりわけ、そんなことをした理由はわかるまい。だから真剣に追跡しようとは考えていないだろう。

　ふいに気がつくと、人通りのすくないひろい場所に出ていた。ハウリ人の三胴船が数隻とまっていて、荷下ろしをはじめたものもある。そこへさらに二隻が着陸したが、ローダンとシャルンにはまったく注意をはらわない。追跡活動にどの船を使うかは重要だ。この点から考えると、追っ手の側にもバランス感覚があるとローダンは思った。テラにはこうした状況をうまくあらわした古いことわざがある。ヤーマン・ナル・ウルヒイにしろほかの関係者にしろ、スズメを撃つのに大砲は使わないということ。

「工場地帯のほうへ向かおう。よろしいか、ペリー・ローダン？」シャルンがいった。

「いいだろう」

　シャルンはじきに失神するのではないか。テラナーはひしひしとそう感じたが、介入しようとはしなかった。ハウリ人の消耗した神経系に処置を直接ほどこしても、なぐさめほどの効果しかない。どうなるか、結果ははっきり見えている。この助《すけ》っ人《と》にとり、事態はますます困難になるはずだ。

「今後のことについて考えてみたのだが」と、切りだす。「べつの乗り物が必要だ。このグライダーにはヴィデオカムがないから。なんとしても、ベングエルやジュアタフ・

ロボットと映像通信しなくてはならない。わたしがここにいることはかれらも知っているが、目の前でわが姿を見れば状況の深刻さに気づくだろう」

「了解した」

シャルンの声はいつものごとく深くこころよい響きだが、どこか平坦だった。どうもトランスに似た状態らしい。心身虚脱の瞬間がさしせまっている。このトランス状態を脱し、過酷な現実を目の前にしたとたん、倒れてしまうだろう。

ゆっくりと最初の工場施設の上空にさしかかった。化学工場の複合体らしい。巨大な建物群と、そこから分岐したパイプラインが見える。その一部はエネルギー・フィールドや印のついた防護柵によって立ち入り禁止になっていた。地面近くでは多くの輸送グライダーが行きかっている。

シャルンは混み合う交通網に合流した。とはいえ、このやりかたで探知の目を逃れられるとは思えない。当局が交通の動きをスクリーンで追っているだろうし、やすやすとは逃げかくれできまい。逃げるには、たとえばグライダーを乗り換えないと。

「下にグライダー・デポがある。着陸しよう」シャルンがいった。

ローダンは広大な平地を見おろした。さまざまな用途のために準備された公用グライダーが置かれている。不格好な貨物機のほか、ひとり乗り用の高速モデルが数機と、大きめの中型クラスが一機。

かれらの機は平地の端に着陸した。すぐ近くの小屋からデポの管理人が出てくる。すりきれた作業服姿の老ハウリ人だ。

　ローダンとシャルンが降機すると、デポ管理人はいらだったような目で、

「なんの用だ？」と、訊いた。「とくにこの男が、なぜ訓練センターの外をうろついている？」

　嫌悪感のこもった視線は自分に向けられているのだと、ローダンは気づいた。こんなかたちで目立つのは不都合だ。あとからなにかあった場合、この老ハウリ人が自分のことに言及するのは避けたい。まずはシャルンにまかせよう。

「わたしの同行者が気にいらないのか」シャルンが脅迫口調でいった。ローダンには本気に聞こえなかったが。「ヴィデオカム装置つきの貨物グライダーが必要なのだ。いますぐに。時間がない！」

　デポ管理人はそれ以上は反論しなかった。さっき上空から見えた不格好な乗り物のところへローダンとシャルンを連れていく。

「これでいいか？　荷物がかなり積めるし、高速タイプでヴィデオカムもついている。この機がここにあるのはまったくの偶然なんだ。ふつう、この手の貨物機にヴィデオカムは不要だから」

　シャルンはローダンを問うように見た。

「これでいい」テラナーはうなずくと、すばやくパラライザーを抜き、発射ボタンを押した。管理人が地面にくずおれる。「さて、わが友ふたりを積みこもう」

乗ってきた小型グライダーの後部ハッチを開き、そっとベオドゥをかつぎだして貨物機のほうへ行く。そのうしろからシャルンが、重さに四苦八苦しながらナイ・レングを運んできた。意識のないふたりを貨物室に寝かせてから、自分たちも乗機する。ヴィデオカムの操作はすぐにわかった。最初はシャルンに操縦をまかせることにして、ローダンはスクリーンをオンにし、最大出力で送信をはじめた。

貨物機はすぐにテクノゾーン上空の交通網に吸いこまれた。シャルンは町の周縁にコースをとる。探知に引っかからないことを祈るしかない。そろそろナルモン・アルド・ティイルが意識をとりもどし、こちらの意図に気づくころだから。遅くとも十分後には、実際に騒ぎがはじまるだろう。

かれが選んだ周波は、ベングエルとジュアタフがいつも慣習的に使っているものだ。それはまちがいない。あのイマーゴ捜索者たちとは何度も関わってきたので、すこしはわかる。

「こちらイマーゴ！」と、はっきり強調しながらカメラに向かって呼びかける。「こちらイマーゴ」と、何度もくりかえした。この声がベングエルとジュアタフの船にとどくといいのだが。

二分後、送信周波を受けてコール・シグナルが多数うごめいているのが、ヴィデオカムの副装置にうつしだされた。ローダンは呼びかけを中断し、シグナルのひとつを作動させる。

「イマーゴですか？」一ロボットが訊いてきた。クモのそれに似た七本脚が多面体のボディを支えている。「われわれ、あなたの存在を感知しました」

見慣れない形状のロボットだが、ローダンはなんとも思わなかった。ジュアタフ・ロボットにはこれまでに見たほかにも多くの種類があるから。

「わたしがイマーゴだ」と、イマーゴ捜索者を代表して質問を発したロボットに答える。

「現在、第八惑星タルウルにいる。きみたちは軌道上に集結し、追って沙汰を待て」

この命令をベングエルとジュアタフ・ロボットが受け入れたかどうか、確認はしない。見せかけでいいのだ。どうせ盗聴されているのだから……タルウルほどの高度技術を有する惑星では、避けられないこと。

「かれらの部隊に動きはあるか？」と、ピココンピュータにたずねる。

「たしかなことは確認でき……いえ、できました。二千隻ほどが移動したようです。いま、ハウリ人の船にとりかこまれましたが、あやしまれる行動には出ていません」

「戦闘行為は？」

「ありません。すべては平和的に進んでいます」

　この報告にローダンは考えこんだ。ハウリ人たちにとり、ベングエルとジュアタフ・ロボットは目の上の瘤《こぶ》にちがいない。かれらの命令にしたがわず、まったく見通せない目標を追求しているから。しかも今回、ある重大な意味がそこに生まれた。ジュアタフたちに外見は知られていなくとも、特別な〝崇拝対象〟としての役割はよく知られている存在である。ナルモン・アルド・ティィルやヤーマン・ナル・ウルヒイ、ひいてはグライダー・デポ管理人の証言から、ハウリ人たちはひとつの結論にいたったはず。その存在はペリー・ローダンすなわちアナシントであり、かれこそイマーゴなのだと。そのイマーゴがタルウルにいるのだ。

　ヘクサメロンの教義において、敵となる人物が。

　ハウリ人たちにとり、この騒ぎを終わらせる方法はふたつある。すみやかにローダンを殺すか、イマーゴ捜索者の艦隊を殲滅して、イマーゴの始末はそのあとにするかだ。しかし後者は大量殺戮であり、さしあたりハウリ人の利益に反する。そんなかたちで面《メン》子《ツ》を失うことはできないはず。ハウリ人のモラル喪失を憤慨する声がハンガイ銀河じゅうに響きわたり、ほかの行動も制限されるかもしれないから。

「どんなようすだ？」シャルンが問いかけてきた。「ベングエルとジュアタフ・ロボットはこちらにくるのか？」

「確信はないが、考えられる」と、ローダン。「わたしがここにいることは、部隊のすみずみにまで伝わっただろうから」

ようやく貨物機が町の周縁に着いた。ローダンはすこしのあいだ、テクノゾーン内にいたほうが安全ではなかったかと考えこむ。だが、いまにも争いが起こるかもしれなかったのだ。そうなれば、ハウリ人は一般住民の命など考慮しないだろう。

最後の建物からも見られない場所にきたところで、シャルンは開けた砂漠へと方向転換した。うしろを振りかえったローダンは身をこわばらせた。二十数機のグライダーが追ってくるではないか。

「追っ手だ、シャルン」無理やり自制心をたもちながら告げた。「かくれ場を探さなければ。開けた土地の高所にある岩陰がいいだろう」

トランス状態に似たシャルンの平静心は、いまにも砕けそうだった。

「まったく不安材料はない……」と、絞りだすようにいう。「なのに、なぜそんなことを？」

「おちつけ、友よ。かくれ場を探すといったのは、そこを拠点に交渉するためだ」

「交渉する？　なにをよりどころとして？」

「われわれのよりどころはジュアタフ・ロボットとベングエル。かれらはわが権威を信じている。きみの同族たちはこう考えるはずだ……イマーゴ捜索者がわたしを追いもとめてきたのなら、わたしにしたがうだろうと。四千三百五十五隻の部隊が背後にあれば、かならず交渉は成立する。だからこのわずかなリードを利用してかくれ場を探すのだ」

ハウリ人は人間めいたしぐさで昂然とこうべをあげ、ローダンの指示にしたがった。不思議なもので、シャルンは混乱状態にあっても全力で方位確認の準備をしている。貨物機は大きな音をたてながら、砂漠のずっと向こうにある岩山をめざした。当座のかくれ場にはうってつけだ。

ちいさな台地に着陸。ベオドゥとナイ・レングが身じろぎをはじめていた。目ざめたときにはプシ＝サイバー・フィールドの影響も消えているはず。とはいえ、そうなるまではあと二、三時間かかるだろうから、当面かれらの協力は望めない。

追っ手のグライダー集団が攻撃してくることはなかった。岩山の麓《ふもと》にとどまり、丁重に距離をたもっている。

ローダンは思わずにやりとした。今後のなりゆきがどうなるか目に浮かぶ。数千年の人生がもたらした豊富な経験に、あらためて感謝だ。あわてることさえなければ、自分の戦略はうまくいく。

かれは歩いて岩山の縁まで進み、ぜんぶで二十七機のグライダーを見おろした。

「呼びかけがきた、ペリー・ローダン！」シャルンが手を振っている。「貨物機のヴィデオカムに」

ローダンは機内に入り、ヴィデオカムをオンにした。かれの合図で、ハウリ人の友は外で待つ。

「なんの用だ？」テラナーはそっけなく通信相手に応じた。

スクリーンには痩せこけた骸骨に似た一ハウリ人がうつっている。知らない顔だ。

「よくわかっているはず、アナシント。それとも、ペリー・ローダンと呼ぼうか？　あるいはイマーゴか？」

「つまり、わたしがイマーゴだと知っているのだな」

「知っているとも。きみもその仲間も、あらゆる抵抗はしないほうが身のためだ」

「ばかいえ。きみたちはわれわれを殺す気だろう？　だが、そのあとベングエルとジュアタフ・ロボットをどうするつもりだ？」

「かれらは撤退する」ハウリ人は動じない。「だが、あなたはまちがっているぞ。われわれ、あなたを殺そうとは思っていない」

「とても信じられんね。わたしを殺したらどうなるか教えてやる。タルウルの軌道にいるわが臣下たちは度を失い、この惑星に襲いかかるだろう。ただ、そうするのは一部の者だけ。あとの者はチェオバド殲滅の命令を受けている」

この言葉にハウリ人がひるむのがわかった。

「では、交渉するしかないな」相手は譲歩する。「こちらに正体を知られたからには、これ以上われわれを妨害しないでもらいたい。場合によっては、あなたと仲間たちに自由撤退を認めよう」

「条件は？」

「ベングエル船の一隻に乗り、全部隊を引き連れてウシャアル星系を去ること。軌道まではこちらで宇宙フェリーを提供する」

「了解した」

「この妥協案に対する保証がほしい」

ローダンはハウリ人の言葉をどうでもよさそうにあしらった。

「保証などないとわかっているはず。わたしは生きてここを去ることができれば満足だ。この言葉を信じてもらうしかない」

「いいだろう。どのみち、ほかにどうしようもないから。だが、ひとついっておくぞ、ペリー・ローダン。せいぜい用心しろ！　ヘクサメロンの預言者に気をつけるんだな。どこへ行こうと、いずれ追われることになる！」

「心しておくよ。船を呼ぼう」

ローダンはそこで接続を切り、《パーリンネン》という名のベングエル船に連絡をとった。船長によれば、かれとベオドゥとナイ・レングをよろこんで迎える用意があるとのこと。よければシャルンも受け入れるといわれたが、ハウリ人の意図がわからないため、ローダンは確言しなかった。できればいっしょにきてほしいと思ってはいるが。

「ペリー・ローダン！」

シャルンが台地のところで叫んでいる。その声にただならぬ気配を感じたテラナーは、すばやく機外に出ると、数歩でハウリ人のもとへ行った。

「あれを見ろ！」

ローダンはグライダーの包囲線を見おろした。ぜんぶで二十七隻……いや、いつのまにか二十八隻になっている。最後の一機は通信しているあいだに到着したらしい。その包囲線を抜けて、ひとりのハウリ人が歩みでた。赤い衣装を身につけ、水の入った背嚢を背負っている。

「だれだかわかるか、ペリー・ローダン？」

「ああ」かれの視線は相手を鮮明にとらえていた。「水使い……きみの同志だ」

シャルンは茫然として声を震わせた。

「シャアに見つかったのだ。そうだと思った。水使いはけっして敗北しない……」

周囲の暑熱にもかかわらず、ローダンは凍りついた。痩せさらばえた死人のような水使いの顔をじっと見る。シャアは水の入った容器を背嚢からとりだし、数秒間、喉をうるおしつづけた……そのしぐさはかれの決意を伝えると同時に、荘厳な儀式のようにも見えた。水使いがこちらを見あげる。その視線をローダンは、電撃に打たれたごとく受けとめた。

7

シャアはこんどは定期便フェリーを待つのをやめ、赤服の威光をフルに発揮することにした。三胴船一隻を呼びよせ、最短ルートで第十一惑星からタルウルに向かったのだ。二時間後には訓練センターの着陸床が見えてきた。これに先立ち、センターの責任者とは連絡をとってある。神官山からきたヤーマン・ナル・ウルヒイという者だ。完全には状況を把握していなかったため、これまでの事実関係を説明しておいた。

グライダーでタルウル地表に着陸し、そこからすべての行動を調整する。ナルモン・アルド・ティイルの事件にペリー・ローダンが関わっていると確認したシャアは、タルウルの警察組織を動かし、じきに異人のシュプールをとらえた。これで、長くつづいた狩りも仕上げの段階に入ったということ。

下位部隊の指揮官がローダンと交渉してとりきめた内容など、どうでもいい。たとえおのれの行動が種族の利益に反するものだとしても、かまわない。自分は水使いなのだ。内なるすべてが戦いと復讐をもとめている。水にふくまれる有毒物質のせいで、いかなる穏健な考えも生じない。ただ、シャルンのことは残念だ……わが兄シャルン。種族の歴史上、はじめて裏切り者となったハウリ人……

質問を浴びせてとめようとしてきた部隊指揮官を無視して、シャアは上を見あげた。あそこにシャルンと、ペリー・ローダンという名の異人がいる。かれは本能的に背嚢から水の容器をとりだし、口に持っていった。

これほど多くの水を飲んだことは、いままで一度もない……

飲み終わる前からすでに、その効果を感じた。過剰摂取だとわかっている。いずれ自分は死ぬだろう。だが、その前に戦い、命をかけて使命をはたすのだ。それでハウリ人の水使いは正当に評価される。シャアはしわがれた叫び声をあげ、だれもまねできない速さで岩山を駆けのぼっていった。

*

はるか上空にハウリ人の三胴船三隻が浮遊している。それをシャルンはしばし見つめ、かつて自分もあのような船でハンガイ銀河じゅうを飛びまわったことを思いだした。だが、苦悩を知らずにすんだ時代は遠く過ぎ去り、いまは異なる利害関係がはらむ緊張のなかにいる。ハウリ人でありながら、ヘクサメロンの死の教えに敵対しているのだから。

解決策はどこにあるのか？　探しつづけるしかない。

そのとき、しわがれた叫び声を耳にして驚愕した。シャアだ！　ついにきた。自分たちにはそもそもチャンスがない。戦いを覚悟するしかあるまい。それでもいま、その覚悟もつぶれる思いがした。自分もペリー・ローダンも、水使いに対処できるほど強力な致死性武器は持っていないから。

ペリー・ローダンが武器の発射準備をする。それを見たシャルンのなかに妙な無関心さが生まれた。抵抗感のなごりからくるものだろう。シャアはいまや岩山を駆けのぼり、こちらに向かって何度か発砲してくる。周囲の岩が溶け、しずくが地面にしたたった。ほぼ同時にローダンも応戦。異人のからだが鈍いきらめきにおおわれたのを見て、最大出力で高性能バリアを展開したのだとわかった。それでも、掩体《えんたい》もないこの状況では充分とはいえない。シャルン自身はあきらめて防御バリアを張っていない。

「掩護をたのむ、シャルン！」ペリー・ローダンが叫んだ。「敵は岩山に到達し、後方にまわった。脇に逃げるぞ！」

シャルンは唖然としてテラナーを見た。ローダンはどうする気だ？　まだあきらめないのか？

かれらのあいだを閃光がつらぬいた。シャアが的をはずしたのだ。なぜかはわからない。理屈に合わないが、それが原因でシャルンの考えはふたたび揺れはじめた。なにか起きたにちがいない。水使いはいつもなら、この距離でけっして的をはずしたりしないから。それだけはたしかだ。

シャアが赤い影のごとく、台地の縁に沿って進み、みじかいあいだにシャルンの友となった異人に襲いかかった。ふたりの防御バリアがはげしく衝突する。ローダンが反応する時間はまったくなかった。やがて両バリアが明滅しはじめ、どちらも同時に地面に倒れる。

すべてがあまりに速く進んだため、次に起きた出来事ごとにシャルンはついていけなかった。思わず自分の目を疑う。わずかの時間、シャアとの接近戦においてローダンが抵抗したのだが、ほんの数秒だけだった。すべてが終わり、ローダンのからだは動きを制御できずにうしろへ投げだされ、痙攣《けいれん》しながらその場に横たわった。

だめだ、と、シャルンは思った。こんなことを自分は望んでいない。こんなかたちで死なせるためにローダンを助けたわけじゃない。

「シャア！」と、叫ぶ。

シャアはローダンから注意をそらした。兄がそこにいることに、いまようやく気づいたようだ。水使いの目に、おさえきれないわななきが浮かぶ。かれは両手を開くと、それを曲げて鉤爪のかたちにした。

「シャルン……」

水使いは悠然とこちらに向かってきた。まるで、この世のすべてを手にしたかのように。だが、事実はちがうとシャルンにはわかっている。シャアの力はつきた。もう水も、かくれた力をあたえることはない。死ぬのだ、と、突然シャルンは思った。シャアは終わりだ。われわれはふたりとも終わりだ。

水使いはもう銃を手にしていることも忘れたらしい。その手でシャルンにそっと触れたと思うと、たちまち力を強めてくる。とうとう、両手がシャルンの頸をとらえた。かれはたちまち力が抜けるのを感じ、抵抗できなくなる。せめて腕をあげて、殺人者のこわばった両手をはらいのけたい……そう思っても、内なるなにかが反抗した。

だが、〝身を守れ！　さもないと死ぬぞ！　長くはもちこたえられない〟と叫ぶもうひとつの声があった。周囲でなにが起きているか、わからなくなる。気がつけば宇宙が縮小したかのようで、自身と喉を締めつけてくる手の力しか感じとれない。シャア……神官山ジアック。そこで自分は教育を受けた。ハンガイ。ヘクサメロンの書。なにもかも色あせていく。シャルンは必死の思いで抵抗し、両腕をあげてみた。どうにかできた！　最後の力を振りしぼり、相手の手を開かせる。なにかが裂ける音がした……自分のからだか、相手のからだかわからない。そこにちがいがあるのかどうか、それもわからない。

どちらもぼろぼろの状態だった。

ローダンが水使いの攻撃から立ちなおるのに、二分以上かかった。かれの生涯で、これほどかんたんに相手が勝利することはめずらしい。そもそも相手が勝つとしての話だが。水使いという存在とそのコンセプトがしだいにわかってきた。これほど仮借なく勝利をめざして戦う者なら、種族とは疎遠になるはず。同時に、種族とかたく結びついてもいる。矛盾だろうか？　そうだとはいいきれない。現に自分はいまそれを体験したのだから。

＊

それにしても、なぜわたしはまだ生きているのか？

テラナーは苦労しながら立ちあがり、台地の中央に倒れて動かないふたつのからだを見た。シャアとシャルン、兄弟のように育ったふたり。この流れからすると、助けはまったく期待できない。ふたつのからだのひとつが動く。シャルンだ。ローダンは大きくジャンプしてかれのもとへ行く。もうひとりのハウリ人が死んだことは、その目を見ればまちがいなかった。

「具合はどうだ？」

その問いにシャルンは答えることなく、うめきながら起きあがった。

ローダンはそれ以上シャルンにかまわず、まずハウリ人の部隊指揮官に連絡をとるこ

とにした。交渉によるとりきめに変更がないことを確認しなくては。まだ荒い息ながらしっかりした声で、

「宇宙フェリーをよこしてくれ」と、ヴィデオカム経由で話しかける。「水使いの遺体はここにのこしておく」

部隊指揮官は一瞬、言葉を失った。ローダンは相手になにもいわせず通信を切ると、貨物室にいるベオドゥとナイ・レングに向きなおる。ふたりとも正常な状態をとりもどしつつあるようだ。

「どんな感じだ？」ローダンは疑いつつ訊いた。「もとの自分にもどったか？」

「なにもかもぐちゃぐちゃだよ、ワキアン」ベオドゥが情けない声を出した。「でも、もう大丈夫だと思う。あと数分もすれば」

「きみはどうだ、ナイ・レング？」

「右に同じ」ぼさぼさ毛皮の老カルタン人が歯のあいだから声を絞りだす。

「なら、しばらく自分たちの面倒は見られるか？」

「ああ、ワキアン。ただ、置き去りにしないでくれよ」

「心配するな」

ローダンは機内から外へ出ると、弟のなきがらのそばにひざまずいているシャルンのもとへ行った。ついにその時がきたことは、ハウリ人の表情を正確に読みとれなくても

わかる。恐れていた心身虚脱がはじまったのだ。

「具合はどうだ？」もう一度、できるだけおだやかな口調で訊いた。「シャルン、たのむから返事をしてくれ」

　ハウリ人はうつろな目をあげて、

「なにもかもまちがいだった」と、つぶやいた。「もうとりかえしがつかない」

「きみはやるべきことをやったのだ」ローダンの言葉は空疎な決まり文句に聞こえた。

「数分後にフェリーが到着する。わたしについてきて、ゆっくり休むといい。いまは意気消沈していても、きっと状況が変わるから……」

「いや、ペリー・ローダン、それはちがう。あなたにはついていかない。わたしの居場所はここタルウルだ。種族のもとにとどまる」

「わたしがここを去れば、当局がシャアの遺体を引きとりにくる。そうしたら、きみは見つかって殺されるぞ」

　シャルンの目にはじめて関心のようなものが浮かんだ。

「どこか岩のあいだにかくれるよ。当局もそこまで探しにはこないだろう」

「たぶんな」と、ローダン。「だが、その後はどうするつもりだ？」

「タルウルの砂漠にある神官山は十体だけだと前に話したことをおぼえているか、テラナー？　かつては数百体あったらしいが、どこへ行ったのかだれも知らない。わたしはそれを探しだしたいのだ。そこにおそらく、ハウリ人が今日《こんにち》のようになった鍵があると思うから。ヘクサメロンの死の教えは、種族のあいだに自然に生まれたものではない。どこか外から導入されたにちがいない」

地平線上ではウシャとアルの恒星ペアがひとつに溶け合い、赤と白の光を投げかけていた。ローダンはまぶしくて額に手をかざす。と、二十メートル先に宇宙フェリーが浮かんでいるのが見えた。うっかりして到着に気づかないところだった。機はゆっくりと降下し、かれの頭上で静止した。

「ナイ・レング！　ベオドゥ！」

友ふたりがすこしおぼつかない足取りで貨物機から出てくる。数歩行ったところで反重力装置を使い、フェリーの内部へと消えた。

ローダンは最後にもう一度シャルンを見て、別れの挨拶を口にした。

「達者でな！」

返事はない。その場にひとりのこったシャルンを見て、ローダンは考えこんだ。かれは気が動転しているのか、あるいは底なしの絶望に駆られているのか。わからないが、それでも人生はつづいていく。タルウルのハウリ人たちにとっても、自分をふくめたほかの種族にとっても。

《パーリンネン》の船長はロダウルという名前だった。ローダンはロダウルおよびイマーゴ捜索者たちの部隊に防衛してもらい、チェオバドへの進撃を決行するつもりだ。今回の作戦で得られたものについていま一度、熟考してみた。すべてはどう評価するかの問題だが、すこしはなれてみると次の結論が浮かぶ……チェオバドは重要拠点ではあるが、獲物としてはちいさい。タルウルで授業を受けていて、その結論にいたった。

ヘクサメロンはもっと大がかりな計画を立てている。通常宇宙の物質を大々的にタルカンに遷移させようとしているのだ。ヴィラメシュといった銀河や個々の恒星単位でなく、より多くの物質を。きょうは三角座、あすはシオム・ソム、最後は銀河系か。それはほんのはじまりにすぎないかもしれない。

だれにわかるというのだろう?

秘密惑星チェオバド

ペーター・グリーゼ

登場人物

ペリー・ローダン……………………テラナー
ベオドゥ…………………………………アッタヴェンノク。夢想家
ナイ・レング……………………………カルタン人の老人
ロダウル…………………………………ベングエル。《パーリンネン》船長
ポサンド…………………………………同。同航法士
クルッパ…………………………………ジュアタフ・ロボット
タルポ・ルム・ネミース…………ハウリ人。ソンカットの教区長
ゲルゴ・ルム・ハーラル…………同。制御マスター
アフ＝メテム……………………………炎の侯爵

1

「アラブー！　アラブー！」

わたしは大勢の歓呼の声に迎えられた。われわれはハウリ人の手配した宇宙フェリーから降りて、ベングエル船《パーリンネン》のエアロックに足を踏み入れたところだ。ベオドゥとナイ・レングもわたしに負けず劣らずびっくりしている。

ハウリ人の故郷惑星タルウルはすでにはるか彼方となった。タルウルや試験惑星エペルムではずいぶん奇妙な体験をさせられたもの。だが、ここでこんな熱狂的な出迎えを受けるとは思ってもみなかった。まるで、奇妙という点ではタルウルやエペルムと変わらない未知惑星に迷いこんだようだ。

とはいえ、ここのようすは完全に異なっていた。

エアロックから船内へつづく通廊の両脇に、うやうやしい身ぶりのベングエルたちが人垣をつくっている。サルに似たこの小型種族とは惑星トゥヨンではじめて遭遇したが、そのときとはまったく態度がちがい、皇帝に拝謁する兵士さながら。その皇帝というのが、どうやら……ヘクサメロンのすべての悪霊にかけて……わたしらしい。ベオドゥとナイ・レングは見向きもされないから。

「アラブー！　アラブー！」

「あんたのことかな？」ちびのアッタヴェンノクがカルタン人を見ていう。

ナイ・レングは酔っぱらったようによろめいて、ふーっとうなり声を発した。

「わたし？　むしろきみだろう！　それとも、ここでサーカスでもやるのか？」

ふたりに口をつぐめと合図したとき、人垣の端から儀式めいた小行列が進みでてきた。先頭はひどく偉そうな感じのベングエルだが、どことなく笑える。

「アラブーとは〝陛下〟です」ネット・コンビネーションのピココンピュータが説明した。「ふつうベングエルはカルタン語を話しますが、この単語だけはカルタン語ではありません。ベングエルの話し言葉にはべつの要素がふくまれていると、前にいいましたね。おそらく古語でしょう。とはいえ、その意味するところは明らか。アラブーは讃美や崇拝の念をあらわします。あなたは長く待ち望まれた陛下ということ」

やめてくれ。ベオドゥに〝ワキアン〟と呼ばれるだけでもたくさんなのに。さらに腹だたしいのは、〝イマーゴ〟というどこか柔弱《にゅうじゃく》な感じの呼び名だ。名誉ある呼称なのだろうが、名誉などいらない。わたしは故郷銀河にカオスをもたらしかねない宇宙的問題の解決策を探している最中で、自分の宇宙へもどるための道を探してもいる。

なのに、こんどはアラブーか！

アラブーすなわち陛下だと？

もう本当にうんざりだ。

ピココンピュータがわたしの不機嫌を感じとったらしく、

「意味なく崇拝されるのは性に合いませんよね」と、いってきた。「《レダ》も同じ意見でしょう。しかしあなたが忘れてならないのは、異宇宙で孤立しているという事実です。生きのびるチャンスがあるなら、どんな藁《わら》にもすがらなくては。それが故郷に迫る危険を回避する道しるべとなるかもしれません。謙虚なままではだめです、ペリー・ローダン！」

たしかにそうだろう。つらい孤独のなかで唯一の会話相手だった愛すべきシントロンの言葉には一理ある。だがそれでも、わたしはイエスといえなかった。理由なき崇拝に対し、なにかが拒否反応をしめしている。

わたしはワキアンでもイマーゴでも、アラブーすなわち陛下でもない！

とはいえ、こちらの利になりそうな可能性はすべて活用すべきだとわかってもいた。

全身で反発をおぼえたが、あきらめるしかあるまい。

ベングエル二十四名で構成された〝歓迎委員会〟が目の前に整列した。なかから一名、輝く記章のついたブルーの制服姿の者が歩みでてくる。

わたしの数メートル前で金属床の上にひざまずくと、指の長い両手で顔をおおい、「アラブー！」と、うめくような声を出した。「《パーリンネン》におこしいただき、感謝いたします。われわれはあなたのもの、《パーリンネン》はあなたのものです」

「こうべをあげ、名を名乗るがいい」わたしはことさらにやさしい声で応じた。

ベングエルは微動だにしない。

ベオドゥとナイ・レングを見ると、ふたりともあっけにとられた顔だ。孤高のカルタン人のわずかな口髭《ひげ》が、三本は右、十本は左にうねっている。状況判断はお手あげというサインだろう。友ふたりの助けはあてにできそうもない。

わたしはきらびやかな制服の者に近づき、ぐいと引っ張りあげて立たせた。それでも相手は顔を手でかくしたままだ。そのあいだも人垣の歓呼はやまない。

「アラブー！　アラブー！」

「こちらを見よ、ベングエル」わたしはおだやかに命じた。「わが名はペリー・ローダンだ。アラブーではない。きみの名は？」

「あなたはアラブーです」ようやく顔から両手をはなし、ベングエルはいった。「たとえ謙遜されても、それはけっして変わりません。わたしはロダウル。《パーリンネン》

の船長です」

「ロダウルだな。よろしくたのむ。協力してもらいたい。わたしひとりでは解決できない問題が山積みなのでね」

「おおせのとおりに」その返事は非常にへりくだって聞こえた。「ベングエルもジュアタフもあなたにしたがいます。ご安心ください、アラブー。われわれ全員、ひとえにあなたのためにここにいるのですから」

　なんと熱烈な表現だろう。わたしがこれまで異宇宙タルカンで経験した状況とはまったくそぐわない。それともこの裏には、まだ見通せない事情がかくれているのか？　ここでエスタルトゥのシュプールを探すという目的に関する、なんらかの事情が？

　わからない。だが、この奇異なアラブー騒動がイマーゴ症候群のパターンと合致することはたしかだ。

「アラブー」ロダウルがちいさな声でいった。「ひとつ質問してよろしいですか？」

「先ほどわたしは協力を要請した」と、わざと乱暴に応じた。「それにはたがいに忌《き》憚《たん》なく話し合うこともふくまれる。なにか訊きたければ質問しろ。答えるから」

「ありがたきお言葉、アラブー！　では、うかがいます。なぜこの卑しい者二名を連れてこられたので？」ロダウルが指さしたのはアッタヴェンノクとカルタン人だ。

「なんの話かわからん」わたしは冷淡に答えた。実際、そんな気分だったのだ。「もしベオドゥとナイ・レングのことをいっているのなら、おぼえておけ、ベングエル。かれらはわたしの友だ」

「どうかお許しください、アラブー。あなたの友はわれわれの友。たとえ、あの二名があなたと同じものを持っていなくても」

「わたしはなにを持っている？」軽い皮肉をこめ、からかうように訊いた。

「すべてです、アラブー」

それを聞いたわたしはとっさになにも考えず、インターコスモでひとこと発する。ここにいるだれも理解できないのはさいわいだった。こういったのだ。

「ばかめ！」

*

アラブー崇拝者とイマーゴ従者の出現により、むしろ異宇宙タルカンをめぐるわが道に茨の生け垣が立ち並んだような気がした。ここにきて、その両者が一体化したようなのだ。理解不能だった。

この関係性をじっくり解明しているひまはない。だが、わたしのしたことやいったことが……あるいは、しなかったことやいわなかったことが……おおいに関わっているのはたしかだろう。

ドリフェル・カプセル《レダ》でこの異宇宙に漂着したときから、わが彷徨《ほうこう》がはじまった。ここにくるまでの体験はどれも常軌を逸していたが、明確にわかったこともいくつかある。

ここにはヘクサメロンなる存在がいる。実在するのだが、近づけない。ヘクサメロンの名前があらわすものは、〝六〟という数字と時間単位だけだ。これまでの経験から、その時間単位が〝日〟であるらしいのはわかった。とはいえ、ここでは〝日〟を文字どおりに受けとれないこともわかっている。

だれかが……つまり、ヘクサメロンが……最後の日々の訪れを告げた。すなわち、ヘクサメロンは周到に滅亡の準備をしているということ。タルカン宇宙に収縮期の終わりが迫っているのを利用し、六日間教義を持ちだして宇宙の衰退を速めるつもりなのだ。

さまざまな考えが頭に浮かんでくる。

最初はゲシールとエイレーネのこと。感情を抑圧しないと行動しづらくなるから、何度も思いだすまいとしてきた。それでも、ふたりのことはいつも頭にある。

次に、カルタン人のこと。ここではメエコラーと呼ばれているわが宇宙で、わたしはかれらに出会った。さらにこの宇宙でも遭遇した。かれらはナックやザタラ、マモシトゥやベングエルと同じく、タルカンの出身だったのだ。

ジュアタフ・ロボットの出自もここなのだろうか？

かれらはここにいる。それがなにかの証明になるわけではないが。

わたしをイマーゴとみなすのはなぜなのか？　わたしをアラブーと呼ぶベングエルのうやうやしい態度は、どこからきたものか？

わたしは陛下などではない。欠点も能力もあるただの人間だ。孤独でもある。

いつかの時点で、わたしに特別な地位をもたらす出来ごとが起きたにちがいない。理解不能な変化を最初に感じたのは、トゥヨンに着いてすぐだった。そのとき、ジュアタフ・ロボットのヨルダンと一ベングエルが不思議な方法で一体化し、稲妻のような光輝現象が生じたもの。

なにかほかのことが原因だとは、まず考えられない。あの場所にはとくに重要存在でないヴェンノクが数名いただけで、まったくなにもなかったから。

わたしはハンガイ銀河でいくつか重大な状況を見聞きし、〝かくれた転轍《てんてつ》係〟と名づけた数名の生物とも知り合った。カルタン人レン・ノもそのひとりだ。行動の中核ポイントがアンクラム星系であることはまちがいない。ハンガイの部分的遷移はそこで準備されているのだから。

ヘクサメロンとその死の教えを、ハウリ人は全力で支持している……暗い背景のどこかで糸をくりだす狂気の人形使いがいなくても。この不可解な邪教の根源はヘクサメロンだ。

ベオドゥとわたしはタルカン宇宙のカルタン人と平和的にコンタクトしたのち、《レダ》で惑星ヴィナウを逃れた。秘密組織ハン＝シュイ＝クォンが活動をはじめたから。だが、組織の代表ナルモン・アルド・ティイルによって間接的に道をしめされ、ウシャアル星系にたどりついた。

　ここでハウリ人の故郷惑星タルウルの状況と、〝物質シーソー〟と名づけられたプロジェクトについて知った。あらためてヘクサメロンの計画が明らかになる。カルタン人とその同盟者たちは〝知識権限の中枢〟に指示され、膨大な量の物質をわが宇宙に移送した。今後もこれを実施するつもりらしい。すでにハンガイの半分が通常宇宙に遷移している。物質シーソーはその失われた部分を埋め合わせるために設置された。

　この話には続きがある。ＮＧＺ四四七年すなわち旧暦四〇三四年の八月四日に実施されるはずだった三度めの移送が中止になったらしいのだ。たしかなことはわからないが。

　わたしがレン・ノのもとへ《レダ》を送りだしたのは、この移送を阻止するためだった。それが中止された証拠のひとつは、八月四日にハウリ人たちがいらだっていたこと。もうひとつは、ベングエルとジュアタフの部隊が宇宙船を五千隻ほど引き連れてあらわれたことだ。というのも、かれらをここへ呼びよせるのが《レダ》の第二の任務だったから。

　物質シーソーの作用でもっとも不安な点は、ハンガイの遷移と同時にわが宇宙の恒星集団がタルカンへ移送されてしまうことだ。

エペルムではハウリ人が徴募活動をおこなっていると知った。ヘクサメロンに奉仕したい志願者を、あらゆるところから募っているという。わたしはそこにもぐりこむ作戦を立て、途中まで成功した。ナイ・レングをはじめ、裏で暗躍する者たちの多くと知り合ったもの。

だがいまいましいことに、ハン＝シュイ＝クォンの代表ナルモン・アルド・ティイルと、のちにタルウルで出くわしてしまう。これでわが作戦はあえなく終わった。

とはいえ、レン・ノのもとへ《レダ》を送りだしたさいの目標ふたつのうち、すくなくともひとつは達成したことになる。タルウル上空に数千隻の宇宙船があらわれたのだ。わたしと同盟者たちがとどめを刺されそうになった、まさにそのタイミングで。

ベングエルとジュアタフ・ロボットが《レダ》の指示にしたがったということ！

ハウリ人はこれを見て狼狽《ろうばい》し、こちらの申し出を受け入れた。部隊をウシャアル星系からすみやかに撤退させるならば、わたしと友の脱出をじゃましないといい、あまつさえタルウルをスタートする宇宙フェリーまで用意してくれた。わたしはそれを使い、いまいるベングエル船《パーリンネン》に着いたのだ。

タルウルの訓練センターはプシオン＝サイバネティクスのエネルギー・フィールドにおおわれていた。だがベオドゥとナイ・レングを見ると、もうまったく影響はのこっていない。わたしの場合は《レダ》が開発した小型機器……ペダスことプシオン・エネルギー・デテクター兼サプレッサーにより防御できた。

次の目標は秘密惑星チェオバドだ。ウシャアル連星系をめぐる六十二惑星のひとつで、物質シーソーと直接つながりがあるにちがいない。とにかく集中しなければ。

それにしても、わたしを〝アラブー〟と呼んであがめるベングエルたちにどう対処すべきか？　これもイマーゴ症候群もしくはイマーゴ熱と似たようなものにちがいない。あるいは、まさか……その裏になにかあるのか？

「アラブーを《パーリンネン》司令室に案内せよ！」わたしはロダウルに命じた。「部隊の全船に話したいことがある」

もちろん、わたしにも聞こえている。

「ついに頭がおかしくなったか」ナイ・レングがアッタヴェンノクにささやいた。

「ほっとけ」ベオドゥだ。「なにをしてるか、ペリーはちゃんと自分でわかってるさ」

「わたしだってそうだ。わたしのほうがよくわかっているかもしれん」カルタン人は歯噛みした。

「あなたを心からお慕いする卑しき者についてきてください」ロダウルが歌うようにいう。「司令室へ！」

わたしはこうべをあげ、《パーリンネン》船長についていった。ベオドゥとナイ・レングがつづく。

「アラブーの奴隷だな!」カルタン人は軽い皮肉をこめ、衛星ドリファアルの夢想家に小声でいった。

*

《パーリンネン》の司令室は直径二十メートルほどの円形空間だった。われわれが入ってきた出入口をのぞく壁は全面、種々のコンソールや操作卓で埋めつくされ、その上方にスクリーンが光っている。十数名のベングエルが在室しており、かれらもまた〝アラブー!〟と歓声をあげた。おさえぎみではあるが。

そこへ船長ロダウルのほか、歓迎委員会のベングエル五名がくわわり、さかんに活動をはじめる。船の技術水準に関する第一印象はさほど興奮するようなものではないが、ベングエルならこの程度だろう。

司令室中央に大型回転シートがひとつ、その両側にちいさめのシートがふたつあった。奥には下降用反重力シャフトの入口が見えるが、いまは作動していない。

ロダウルは大型シートをさししめし、

「ここはわたしの席ですが、これからはあなたがおすわりください、アラブー。船長も部下もご指示にしたがいます」

わたしはシートに腰をおろした。

隣りにベオドゥとナイ・レングがすわると、ベングエルたちは見るからに動揺した。ロダウルが血相を変えてやってきて、

「これは想定外です、アラブー。両側シートのひとつにすわるのは本来ならわたしで、もうひとつは航法士ポサンドの席。従僕二名があなたの隣りにすわるのは許されません。ほかの場所ならいいですが」

「ひとつはっきりさせておきたい、ロダウル」わたしはきびしく応じた。「わが名はペリー・ローダンだ。アラブーと呼ぶのはいますぐやめろ」

「あなたのお言葉は命令です、アラブー」と、《パーリンネン》船長。ちゃんと聞いていないのがわかる。放心状態なのだ。

「アラブーはやめろといったはず！」わたしはどなりつけた。「あと、ここにいるベオドゥとナイ・レングはわが友だ。こんどかれらを従僕などと呼んだら……」

こちらの意図が正しく伝わったのかどうかわからない。ベングエルたちは黙りこんでしまったから。そのうち四名が姿を消し、すぐに椅子二脚を持ってもどってくると、わたしの両側に置いた。ひとつにロダウルが、もうひとつにべつのベングエルがすわる。たぶん航法士のポサンドだろう。

わたしは操作卓の表示にさっと目をはしらせ、ウシャアル星系の現況について概略を

告げる要員の声に耳をかたむけた。展開した宇宙船の総数が復唱される。ぜんぶで四千三百五十四隻、ベングエルとジュアタフ・ロボットの部隊が半分ずつ。そこに《パーリンネン》がくわわるわけだ。

状況はおちついていた。部隊からずっとはなれた宙域でハウリ船が数隻パトロール中だが、こちらの船団を回避している。つまり、ハウリ人は抑制的ということ。とりきめどおり、自分たちの故郷星系から闖入者《ちんにゅうしゃ》が撤退するのを待っているのだろう。ベングエルとジュアタフ・ロボットの艦隊より優勢な兵力を持つのはたしかだが、下手《へた》に争いをはじめて計画に支障が出るのは避けたいらしい。かれらにとり、物質シーソー・プロジェクトは最優先課題。絶対にじゃまされたくないのだ。

わたしはすでに計画を立てていた。それにもとづく最初の指示を出そうとしたとき、ちょっとした事件が起きる。

司令室にある唯一のハッチが開き、奇妙なものが押し入ってきたのだ。思わず古いタイプのテラ球型船を思い浮かべたが、宇宙船でないことはまちがいない。

全高一・五メートル、球状ボディの直径は一メートルほど。全体の色はグレイで、太い〝赤道環〟は濃いブルー。ボディから非常に細いグレイの脚が十二本、下にのびており、それを使ってイタチのようにすばやく動く。

「クルッパ！」ロダウルは激高した。「だれがキャビンから出した？　せっかくのアラブーの来訪がだいなしではないか」

「自分で勝手に出たんです」出入口のところでべつのベングエルが応じた。「いま捕獲隊がきました」

ベングエル数名が襲いかかるが、球体は巧みに逃げてわたしのほうまでやってきた。

「ああ、イマーゴ！」ボディのどこかから明るい声が聞こえた。「身分卑しいクルッパが畏れ多くもご挨拶します。ここであなたにお目にかかれるとは、なんという幸運。われわれは永遠にいっしょ！」

おかしな音楽が響きわたる。やはり球状ボディから聞こえてくるようだ。赤道環が多重器官のような役目をはたすのだろう。

「これはなんだ？」わたしはピココンピュータに問い合わせた。

「未知の対象物です」と、答えがある。「生命体ではありません。むしろ、マシンあるいはロボットでしょう」

クルッパの上半球から、幾重にも枝分かれした長さ二メートルの触手型アームが一本くりだされた。それが奇妙な音楽のリズムに合わせて動き、だんだんこちらに近づいてくる。

わたしは跳びのいて触手から逃れた。その瞬間、ベングエル数名が押しよせて、球の周囲に機械式の枷《かせ》をはめた。数秒後、クルッパは司令室から連行されていく。わたしはふたたびシートにすわり、ロダウルに問うような目を向けた。

「申しわけありません、ペリー・ローダン」船長は声を絞りだす。〝アラブー〟というばかげた呼称をやめて、ちゃんとわが名を口にしたのは驚きだ。「あれはクルッパという名のロボットで、回路が狂っているため、つねに有頂天《うちようてん》状態なのです。自分ではジュアタフだといいはっていますが、信じられません。いつのまにか船に忍びこんでいたのでして。今後はあなたをわずらわせないようにします」

わたしは首を振り、目下の問題に向きなおった。これ以上ハウリ人の忍耐心をいたずらに刺激してはならない。

2

「ベングエルおよびジュアタフ部隊の全船長に伝えたいことがある。安全な通信手段を使って」

　わたしの言葉を聞いたロダウルは勢いよく立ちあがり、浮遊装置のひとつを引っつかんで目の前に置いた。

「暗号化通信ということでしょうか？」航法士のポサンドが訊く。「この星系の住民に盗聴されたくないのですね？」

「そのとおり」わたしはたしかな成果なしにウシャアル星系を去る気など毛頭なかった。チャンスは秘密惑星チェオバドにある。これまでにわかったことから、物質シーソーに関するなにかが存在するにちがいない……おそらく、中央制御ステーションとか。

「通信できます、アラ……いえ、ペリー・ローダン」《パーリンネン》船長があわてていいなおす。

「しかし、暗号化はできません」航法士がつけくわえた。「ベングエル船にもジュアタフ船にも暗号解読システムが装備されていないので」

　そうなるとやりかたが複雑になるが、解決策はある。

「では、通常通信をオンにせよ！」と、命令。「映像は使わない。近くにいる三、四隻につながればいいので、出力も最小限に。できるだけ目立たないよう、すべてを迅速におこなえ」

「準備完了」しばらくして航法士が知らせてきた。「ベングエル船《カレムナル》および《ウリオイス》、ジュアタフ船《エンブウェネ》に通信がつながりました。送信出力は〇・一二ワット」

「ごくろう」わたしはそういうと、次々にさらなる指示を出した。

　ベオドゥとナイ・レングにはハイパー通信周波を使って長めの会話をするよう伝える。その内容はもっぱら、四千三百五十五隻の撤退を組織することについて。同じ指示をポサンドにもあたえた。ただしこちらは通常周波で、わずかなチャンネルだけをあけておく。そのチャンネルを使い、わたしが最小出力で送信するのだ。《パーリンネン》のベングエルたちからは質問もない。《カレムナル》、《ウリオイス》、《エンブウェネ》の各船長がアラブーまたはイマーゴの言葉を待つあいだに、接続が確立。

　わたしの合図で、周波が入り乱れて通信がはじまる。ちびのアッタヴェンノクとカルタン人はみごとに任務をはたした。ベングエルたちも文句のつけようがない。

まずは《カレムナル》、《ウリオイス》、《エンブウェネ》の船長たちに指示して、三隻から次の船に向けた通信ブリッジを最小出力で構築させる。そこからまた次の船という具合に、連鎖伝達方式でわが命令を伝えていった。どこからも質問はなし。

ベングエルとジュアタフ・ロボットは協力しながらミスなくことを進めている。こうして五分もかからず、すべての船の船長にわたしの言葉が伝わった。ベオドゥとナイ・レングおよび《パーリンネン》のベングエルたちがくりひろげた通信スペクタクルはなかなかのもの。最小出力で幾重にも枝分かれさせたメッセージは、確実にそこにまぎれて消えた。

よろこぶべきだが、わが指示がなんの反論もなく盲目的に実行されたのは、いささか驚きでもある。イマーゴあるいはアラブーという地位が扉を開いたわけだ。

友ふたりはわたしの作戦を完全に理解しているが、なにもコメントしない。どちらもわが名において、ウシャアル星系を去る飛行ルートを確定しようとしている。ベオドゥは惑星平面から見た〝垂直スタート〟を要求し、ナイ・レングは惑星面に沿ってはしる空中通廊を切り開くことを主張。これを聞けば、じりじりしながら待っているハウリ人たちは、どこからどう見てもこちらがとりきめた約束をはたすつもりだと考えるだろう。

わたしは偽装通信のスイッチを入れ、四千三百五十五隻の船長たちに計画を披露することにした。

「先ほど話に出た飛行ルートふたつのあいだに妥協点がある。それはまだハウリ人に知られてはならない。全部隊、ほぼ四十五度の角度でウシャアル星系を去るのだ。方角は東に〇・二三度。これにより、六十二惑星の目下の位置からすると、部隊の大部分は第五惑星チェオバドのごく近くを通過することになる。チェオバドは唯一、離心軌道を描いており、ほかの惑星がつくる平面に対して四十二度の位置にある」

了解の報告がくるのを待ってから、さらにつづけた。

「わが目的地はチェオバドだ、友よ。きみたち全員のもとめるものは、チェオバドに行かないかぎり手に入らない。みな、とりきめたコースでウシャアル星系を去ること。わたしは同行しないが、じきにまた会えるから嘆くことなく、辛抱してわが計画を支えてもらいたい。チェオバドには無数の砦があるだろう。近傍の宇宙空間でも多数の要塞が惑星をとりかこみ、封鎖している。わたしは一方でこれら防衛施設の力をためし、また一方では惑星での重要調査をみずからおこなわねばならない。これを自分とふたりの友だけでやり遂げるつもりだ。部隊のコースはチェオバドのごく近くを通るため、戦いが起きるだろう。わたしはそれにまぎれてハウリ人の搭載艇でひそかに脱出する。攻撃されたら応戦せよ！　それがイマーゴを救うことになる。この地を去り、わたしとの再会を待て！」

こんども反論は出ない。ベングエルもジュアタフも、まるで去勢された牛の群れのごとく、唯々《いい》諾々《だくだく》としたがう。イマーゴ症候群の恐るべき効果だ。

もちろん、チェオバドにあるらしき物質シーソーの制御ステーションを探しだして無力化するつもりだということは、いわずにおく。知らせる必要はない。言葉に出さなかったのは、まだベングエルやジュアタフのことを充分に評価できていないから。一方は生命体でもう一方は人工生物だが、どちらの生命形態も、なにか理解できないものと結びついている気がする。

話を終えると、こんどは公式チャンネルの通信をオンにし、最大出力にセットした。

「ベングエルとジュアタフに告ぐ!」と、厳格な口調で伝える。「わが助手ふたりはウシャアル星系を去るコースの確定にいたらなかったため、わたしが妥協案をしめす」

それから、全部隊やむをえずチェオバドの近くを通ることになる飛行データを提案。すべてはうまく偽装してあるので、ハウリ人がすぐに真相に気づくことはあるまい。

ロダウルとポサンドが感嘆の念をこめてこちらを見た。かれらもこの計画を理解したのみならず、わがアイデアを無条件に支持する考えのようだ。これはいささか驚くべきこと。理解不能なイマーゴ症候群の掟によれば、かれらにとり、わたしと切りはなされるのは基本的に気にいらないことのはずだから。

こんな隷属関係は好みではないが、より大きな目標に到達するためには利用するしかない。

物質シーソーの制御ステーションがかなりの確率でチェオバドに存在することはまちがいなかった。これを使ってカルタン人がハンガイの一部をメエコラーに遷移させたあとは、かならずわが宇宙からタルカンにとてつもない数の恒星集団が移送されるのだ。そこに銀河系の一部が、あまつさえテラが入る可能性は、容易に考えつく!

公式なものも極秘なものも、指示を出し終えた。イマーゴあるいはアラブーが本当に四千三百五十五隻すべてに力をおよぼせるかどうか、見せどころである。

部隊が楔《くさび》形フォーメーションを展開。《パーリンネン》のポジションは右翼最後部だ。こうすることで、ロダウルの船とほかの数隻はチェオバドから半光年たらずの距離を通ることになる。

加速価はわずかだが、これも計画どおりだ。すべての機動はやや不器用でぎこちないものに見せる必要があるから。

ハウリ人の動きはまだない。かれらにとりだいじなのは、制御ステーション近傍から闖入者を遠ざけることのみ。それがいま実行されていた。だが、事実は異なる。部隊の端から数百隻が離脱し、光速以下で秘密惑星チェオバドに近づいているのだ。

わたしはひそかに笑った。いまのところ、相手はこちらの単純なトリックに引っかかっている。わたしが友と自分の自由退却をもとめ、その見返りとして四千隻を超える宇宙船を〝遠ざける〟提案をしたとき、ハウリ人はいともあっさり同意した。かれらにとり、いったい物質シーソーはどれほどの重要性を持つのか？

決定的なことはまだわからない。

わが計画は成功すると確信していた。ベングエルとジュアタフ・ロボットは一心不乱に任務を遂行している。スクリーンを見れば、なにもかも指示どおりに進んでいるとはっきりわかる。

通信は封止状態だし、データはすべて交換ずみだ。あと二十分でチェオバドに最接近する。その瞬間をわたしは心おだやかに待った。

探知スクリーンに、部隊の統一された動きとはまったくそぐわないエコーがひとつあらわれたのを確認。同時に、一ジュアタフが連絡してきた。

「こちら《エンブウェネ》。一五二＝K＝八七一＝Pの方向から未知物体が接近してきます」

わたしは即座に感覚を研《と》ぎすませた。

＊

ロダウルとともに主探知ステーションへ急いだ。近くで見たほうが状況がよくわかるだろう。それにベングエル船の技術は単純なので、直接介入できる。

そのエコーは実際、ジュアタフとベングエルの大部隊をほぼ横切るような動きをしていた。とりわけ大きくはない。小型船のたぐいだろう。

「なにかお手伝いしましょうか、ペリー・ローダン？」と、《パーリンネン》の船長。航法士ポサンドもやってくる。

「自分でやる」

わたしはまず未知船の飛行方向を追った。ハウリ人としか考えられない。照準を絞る。搭載計算機がこちらの懸念を裏づけると同時に、ピココンピュータも独自の計算結果を伝えてきた。

結果は明白。

未知船は惑星エペルムをスタートして《エンブウェネ》に向かっている。ハウリ人はよからぬことを考えているのではないか。もしかしたら、こちらの計略を見ぬかれたのかもしれない。

エコーを拡大した結果、未知船はわたしとベオドゥとナイ・レングがタルウルを去るときに使ったのと同じタイプの宇宙フェリーと判明。遠くへは行けない。

「呼びかけを受けました」《エンブウェネ》が知らせてくる。

「《パーリンネン》にまわせ！」と、わたし。ベングエルたちは即座に反応。一スクリーンが明るくなる。目の前にうつしだされたのは、予想に反して革肌のハウリ人ではなく、一ヴェンノクの顔だった。

ベオドゥがさえずりのような一連の音を発し、驚きをあらわす。ヴェンノクは小型のアッタヴェンノクから進化した〝大型種〟だ。

「わたしの名はイェオトゥ・ナル」相手は自己紹介した。「同行者ともどもエペルムからやってきた。どうかわれわれを受け入れてもらいたい」

あまりに唐突な話だ。わたしはベングエルとジュアタフに黙っていろと合図し、みずからヴェンノクに通信をつないだ。

「こちらペリー・ローダン。ウシャアル星系から部隊を引きあげるところだ。同行者はだれだね、イェオトゥ・ナル？　きみたちの出身と目的は？」

「われわれはヴェンノクだ。ぜんぶで二十八名いる」頭翼を持つ者は答えた。「ヘクサメロンに奉仕するべく四十名でハウリ人のもとへ行ったのだが、数名は不合格となり、鉱業所に送られた。べつの数名はあらゆる努力にもかかわらず、志願もさせてもらえなかった。のこったのがわれわれだ。もうヘクサメロンの従者候補でいることにいやけがさし、うんざりしてエペルムを去ることにした」

「それほどかんたんにエペルムを出られるはずはないが」わたしは不信感もあらわに応じる。

「長いあいだ骨を折り、クレジットカードもぜんぶ投げだして、ようやく去っていいと許可されたのだ」と、イェオトゥ・ナル。「だが、ハウリ人がわれわれに使わせてくれたのは、このおんぼろ船だけ。これじゃウシャアル星系をはなれることはできない。だから、収容してもらえそうな宇宙船があらわれるのを何日も待った。ある情報提供者からあなたがたのことを聞き、スタートしたわけだ。どうか、そちらの船に移乗させてほしい。目的地はどこでもかまわない。とにかくここからおさらばしたいんだ」

かなり信用できる話に聞こえる。批判的なピココンピュータでさえ反論しない。

「いいだろう、イェオトゥ・ナル」わたしはしばしためらったのち、心を決めた。「《エンブヴェネ》にコースをとれ。ジュアタフ・ロボットの船だ。かれらがきみたちを出迎える。のちほどきみや同行者と話がしたい」

「ありがとう、ペリー・ローダン！」ヴェンノクは軽く一揖《いちゆう》した。

どんな情報も貴重だ。ヴェンノクたちはエペルムでわたしの知らないことを体験したにちがいない。話をする価値はあるだろう。ただし、いまは無理だが。あと数分でチェオバドに接近するので、集中しなくてはならない。

純粋に予防措置として、部隊全体の速度をもう一度落とさせた。これにより、いくらか時間が稼げるだけでなく、《エンブヴェネ》のロボットたちがヴェンノク二十八名を収容することもできる。このプロセスをスクリーンで追っていたわたしは、疑わしいものが見つからないことを確認した。

「ハウリ人の考えはただひとつ」ベオドゥが話しかけてきた。「物質シーソー・プロジェクトをじゃまするものはすべて排除する気だ。あなたやわたしやみすぼらしいカルタン人、ベングエル船にジュアタフ船、それからヴェンノクの小集団もすべて」

わたしもそう思う。

物質シーソーの制御ステーションがあるにちがいない秘密惑星チェオバドに、あと五分くらいで決定的な距離まで接近する。わたしは《パーリンネン》の近傍にいる船に非常警戒態勢を命じ、さらに減速するよう指示を出した。

その態勢がまだととのわないうちに、司令室に警報が鳴りひびいた。ロダウルとポサンドがあわてふためく。

「なにごとだ？」と、わたし。

「セクターCで警報が発令されました」《パーリンネン》船長が答えた。「原因は不明だが、なにかが起きたようです。続報を待ちましょう」

この古い船では、多くのことがまともに機能していないらしい。

しばらくして、要員二名が司令室に飛びこんできた。その一名が叫ぶ。

「アラブー！　船長！　理解不能なことが起きました。いかれロボットのクルッパがまたもや、閉じこめていた独房から消えたのです。しかし、逃げだしたような形跡も、見かけた者もなし。ただ消えただけで、どこへ行ったかだれも知りません」

ロダウルがわたしの理解できない言語でののしった。ピココンピュータにも解釈不能だ。

「そのクルッパだが、とるにたらない存在だろう」わたしは割りこんだ。「それとも、なにかやらかす恐れがあるのか？」

「いいえ。ですが、なにが起きるかはだれにも……」

「だったら、探せ！」わたしはそう命じ、「どうでもいいことを司令室に持ちこむな。もっと重要な出来ごとが迫っているのだから」

監視要員二名は困惑したまま、司令室から出ていった。ハッチが閉まるか閉まらないかのうちに、反重力シャフトの作動停止を知らせるシグナルがとどく。二秒後、球のかたちをしたクルッパが、わたしに向かって勢いよく飛びこんできた。

ふたたび警報が発令され、ロダウルが解除する。

奇妙な球体はわたしのもとへくると、めちゃくちゃに踊りはじめた。それに合わせて音楽が鳴りひびき、同時に声が聞こえる。

「わたしはあなたのそばに、アラブー＝イマーゴ！　あなたはわたしのそばに！　われわれは永遠にいっしょ！　なにがあってもはなれません、すばらしき至福の存在よ！」

ベングエルたちは追いたてられたニワトリのように司令室を走りまわっている。この出来ごとはかれらの手にあまるのだろう。

わたしは銃を抜いて発射ボタンを押した。クルッパは衝撃で弾《はじ》き飛ばされたものの、まだ歌いつづけている。それから元気よく起きあがり、触手を振りはじめた。騒ぎがようやくおさまったのは、監視要員二名が司令室に押しかけ、クルッパの周囲に拘束フィールドを展開したときのこと。ロボットはあっという間に捕まった。

「あれはどういった存在なのだ?」わたしはピコンピュータに訊いた。

「わかりません」と、答えがある。「たぶんジュアタフ・ロボットですが、安全装置が焼き切れているのでしょう」

球体はまたもや歌いだした。

「こんどこそ、しっかり拘束しておきます」《パーリンネン》船長が確約する。「もう二度と逃げられないように」

要員たちは拘束フィールドのなかで歌い踊るクルッパを司令室から連れだした。貴重な数分間をむだにしてしまった。チェオバドはもうすぐそこだ。

わたしは全部隊に停止を命令。これがハウリ人の注意を引くことはまちがいない。だが、あわてずに行動しないと。

停止命令が実行されるが早いか、ふたたび警報が発令された。こんどは楔形フォーメーションの先頭を行く船からだ。

探知スクリーンになにか表示される前に、最初のメッセージが入ってきた。

「惑星間空間の奥から小型船が一隻、猛スピードで接近してきます」前衛をつとめるジュアタフ船が報告。「こちらに向かっているのは明らか。高エネルギーを放射しています。身元は確認できません」

わたしはみずから探知機を調整したが、ぼんやりした染みしか見えない。ベングエルの技術レベルでは、たいしたことができないから。

「注意！」ピコンピュータだ。「ハイパー通信シグナルを受信しました。《レダ》からのものにまちがいありません」

3

グッドニュースだった。なぜベングエルとジュアタフが大あわてしていたのか、これでわかる。かれらにとり、《レダ》はまったく未知の物体なのだ。つまり、接近してきたのはわがドリフェル・カプセルということ。

「じゃませずに通してくれ。あれはわたしの乗り物だ」と、公式チャンネルで全船に伝えた。

《レダ》とはなれてから三週間近くになる。見たところ、カプセルはわたしが託したふたつの任務……カルタン人レン・ノに情報を伝えることと、ベングエルとジュアタフ・ロボットをここに呼びよせること……をみごとにやり遂げただけでなく、どこにも損傷を受けていないようだ。

ただ、あらたな問題も生じる。ハウリ人がどう反応するかわからない。というのも、かれらは突然エペルムから消えた《レダ》の独断行動を非難し、次にあらわれたら破壊すると脅していたから。ハウリ人はいうまでもなく、ウシャアル星系全体で有利な立場にあり、ベングェルより高度な技術を持つ。とっくに《レダ》に気づいたにちがいない。

「《レダ》に通信できるか？」と、ピココンピュータに訊いてみた。

「すでにコンタクト確立しています」

わたしは元気づけられた。

「警告しろ！　ハウリ人は《レダ》を非難している。すみやかにベングエル船とジュアタフ船の部隊の陰にかくれ、その後《パーリンネン》にコースをとるようにと」

《レダ》のおだやかな声が返ってくる。

「話は直接できますよ、ペリー。あなたの声が聞こえるし、そちらも聞こえているはず。いまもどったところです。レン・ノに警告を伝え、ご存じのように、かれはそれにしたがいました。あと、既知のイマーゴ捜索者の半数ほどをウシャアル星系に呼びよせることにも成功したようですね」

「なにもかもきみのおかげだ。感謝する」

「わたしがエペルムで思いがけず姿を消したとき、もちろんハウリ人は憤慨したはず」カプセルはつづけた。「でも、スクラップにしようとか、なにができるか探りだそうとか考えてもむだだったでしょう。用心したので。さて、あと数分でそちらに着きます。ピココンピュータがシグナルを送ってくるから、正確なコースがわかります」

「たいしたもんだ、お嬢さん」わたしは満足して応じた。「ここで起きたことやわたしの計画については、ピココンピュータが暗号化して知らせると思う」

「すでに情報を得ています」

たのもしい返事を聞き、わたしは大きな安心感をいだいた。《レダ》がついていれば、すべてはよりスムーズに進むだろう。

そばで聞いていたベオドゥが問うような目を向けたので、わたしは答えた。

「きみの考えているとおりだ、ちいさな友。《レダ》がやってくる」

「あなたたちの船か？」と、ナイ・レング。

「われわれの船だ」アッタヴェンノクが誇らしげに応じた。「それがあれば、物質シーソーでハウリ人にひと泡吹かせてやれるぞ」

わたしは叱りつけるように指を立てた。周囲の者に本当の狙いを知られたくない。ベングエルがどれほど忠実な協力者だとしても、イマーゴ症候群やアラブー騒動というのがとにかく気にいらないから。

意図が伝わったらしく、ベオドゥは口をつぐんだ。

「《レダ》」わたしはあらためて呼びかけた。「《パーリンネン》にドッキングしろ。戦いに巻きこまれるなよ。わたしはハウリ人とのとりきめを守ろうと思う。《パーリンネン》の搭載ポジトロニクスとコンタクトし、安全なエアロックを開けてもらえ。次のステップは、きみと《パーリンネン》とともに踏みだしたいからな」

「了解」《レダ》のシントロンが応答した。

部隊の四千三百五十五隻はスタート命令を待っている。いまのところハウリ人の反応はないが、こちらの一挙一動を注意深く観察し、すべての交信を追っているのはまちがいなかった。

チェオバドはいまも部隊の右翼から六光分の距離にある。そこでもとっくに六日間教義の信者たちが位置につき、不測の事態に対応しようとしているはず。

「《レダ》のドッキング完了」ピココンピュータが知らせてきた。「《パーリンネン》がエアロックを開きました。ここまでは問題ありません」

「ロダウル！」わたしは《パーリンネン》船長に向きなおり、「友ふたりとわたしは《レダ》にうつる。向こうでもつねにほかの船との通信チャンネルをオンにしておくから、わたしがここにいなくてもコンタクトは可能だ。今後も協力をたのむぞ」

「もちろんです、アラブー！」ベングエルは誇らしげに応じたのち、「いえ、ペリー・ローダン」と、いいなおした。

「われわれも《レダ》に乗りこむのか？」ベオドゥが訊いてくる。

「そうだ」わたしは答え、ナイ・レングのほうを見た。酔ったみたいにおぼつかない足取りで、混乱しているように見える。「《レダ》のほうが高度な観測ができるし、通信性能もベングエルのものをはるかに上まわる」

「それについて文句はないけど」ベオドゥはすこししょげている。「あそこはかなりせまい。そのことは考えたか？」

「考えたとも。まさかきみも、ひろい場所にふんぞりかえりたいとはいうまい。そんなことをいったら貨物室に押しこまれるからな。気にいらないなら《パーリンネン》にのこってもいいぞ」

「そうだ、そうしろ！」カルタン人が割りこんだ。本気でないのはたしかだが。

「まったく、ふたりでよってたかって」アッタヴェンノクが口をとがらせる。「わかった。お供するよ」

　われわれはドリフェル・カプセル内に移動した。

《レダ》のなかにいると、ずっと安心できる。カプセルは故郷宇宙の一部だ。クエリオンの技術品なのでわずかしか理解できていないが、それでもこの思いは変わらない。

「スタートせよ！」わたしはジュアタフおよびベングエル部隊の全船に向けて命令した。「速度はゆっくりのまま進むのだ。全船まとまった状態をキープしたいから」

　これを聞いたハウリ人は、わたしが善意でとりきめを実行するつもりだと受けとるだろう。事実はすこしちがうのだが。

「ウシャアルの未知惑星に近づきすぎないよう、フォーメーションをひろくとれ」と、つづけた。「第六十二惑星の軌道を過ぎたところでリニア段階に入る。目的地は進行方向に二百三十三光年先だ。搭載計算機に照会して座標を入力せよ」

これも実直で他意のない指示に聞こえるはず。これにより《パーリンネン》とその周囲の船はさらにチェオバドに接近することになるのだが、同時に四千隻を超える部隊がチェオバドからはなれていくため、ヴェールの陰にかくれられる。

やはりタルウルからはなにもいってこない。

次にわたしは《エンブウェネ》に通信をつないだ。

「船長およびヴェンノクのイェオトゥ・ナルと話したい」

これもまた陽動作戦の一環である。

《エンブウェネ》の船長はダウ＝セ＝ナウという名のジュアタフ・ロボットだ。スクリーンで見るその姿は〝死んだ〟ヨルダンによく似ていた。

「わたしが船長です。ヴェンノクもじきにきます」

イェオトゥ・ナルがあらわれたところで、わたしは二名に向かっていった。

「《エンブウェネ》を《パーリンネン》のすぐ近くに持ってきて、個々のヴェンノクが移動しやすいようにしてもらいたい。きみたちと話をしておきたいのだ。たとえ、われわれがウシャアル星系を永遠に去るとしても」

最後の部分は、わざと攪乱《かくらん》のためにつけくわえた。

「わたしも《パーリンネン》に行きます、ペリー・ローダン」ジュアタフ・ロボットが熱心にいう。

「われわれも準備ができている」と、イェオトゥ・ナル。

二隻の宇宙船は進行方向を交差するかたちになる。《エンブウェネ》が《レダ》と《パーリンネン》のほうに向かってきた。

すべて順調だ。楔形フォーメーションの先頭はすでに最外縁惑星の軌道に到達。ハウリ人も秘密惑星チェオバドも、いまだに反応しない。わたしのなかに疑念が芽生えた。もしや、こちらのひそかな挑発行為が功を奏していないのだろうか。

《エンブウェネ》と《パーリンネン》はチェオバドに向かっていちばん右端にいた。探知の結果、惑星を外から徹底的に遮断する宇宙要塞が数多くあるとわかる。

われわれは加速した。

チェオバドと同じ高度に達したとき、行動が慎重すぎたらしいとわたしは認めざるをえなかった。なにも起きないではないか。

ハウリ人はまるで、こちらがまったく動いていないかのようにふるまっている。

ところが、数秒後に事態は変化した。

突然、宇宙空間に高エネルギーが放出されたのだ。《レダ》のなかにいても《パーリンネン》の警報が響きわたってくる。

地上要塞および宇宙要塞の最初の攻撃は《エンブウェネ》に集中した。

完全なる奇襲だった。多くのビームが《エンブウェネ》に命中。防御バリアも容易に突破されてしまう。

《パーリンネン》も砲火を開くものの、まるで役にたたない。

「掩護します、アラブー！」多くの船長の声が、複数のベングエル船から重なって入ってきた。

「われわれも掩護します、イマーゴ！」ジュアタフ・ロボットだ。

「回避しろ！　攻撃中止！」と、わたしはロダウルに命令し、「離脱するぞ」

《レダ》は自動的に反応。

多数の船が急行してくる。

こうして、いきなり宇宙戦争が勃発した。わたしは相手を挑発しようと思っただけで、どちらの利にもならないこんなばかげた破壊行為を望んだわけではないのだが。

このあいだに《レダ》は相手の主宇宙要塞を特定していた。チェオ＝三七一といい、重武装の巨大施設だ。ハウリ人がチェオバドを防衛しているということ。どうやら、こちらの計画はそうかんたんに実現しそうもない。

周囲の船がハゲタカのごとく攻撃者に襲いかかった。わたしの命令など聞く耳を持たず、

「アラブーを守れ！　イマーゴを守れ！」そう叫ぶ声が耳に入った。

こっそりチェオバドに向かうにはもってこいの状況だが、どうも気にいらない。無意味な犠牲や警告なしの攻撃は想定外だから。

痛いところを突かれたのは、敵の攻撃が《エンブウェネ》に集中したこと。宇宙要塞チェオ＝三七一はジュアタフ船を高エネルギーで追いまわし、完全に射程にとらえた。《エンブウェネ》は最大出力で防御バリアを展開していたのだが。

はげしい爆発が起き、わたしは震撼《しんかん》した。悲惨な光景がすべてを物語っていた。

＊

「退却！　救出活動に入れ！」

わが命令に《パーリンネン》が反応し、燃える《エンブウェネ》の残骸に近づいた。ジュアタフ船は非常用エンジンを使い、宇宙要塞チェオ＝三七一の射程範囲から逃れようとしている。

武器も発射されていないのに船内でいくつか爆発が起きて、《エンブウェネ》はばらばらになった。白熱した破片がハンガイの暗赤色の空に死の叙事詩を綴っている。まるで、予告された破滅の輝きにさらなる熱をくわえたいかのように。

宇宙要塞の砲撃がやんだ。反撃にそなえて展開した宇宙船団も待機に入る。わたしは安堵し、無意味な報復はやめるようもとめた。

ところが、応答が返ってこない。

「ほとんどがジュアタフ船ですから」《レダ》が知らせてきた。「あのロボットについては、まだよく理解できません」

わたしも同じ意見だ。

《エンブウェネ》からの救難要請信号が鳴りひびいた。収容したヴェンノク二十八名と話すことはできそうもないが、とにかく要請がきているのだから、あのスクラップのなかに助けをもとめる生存者がまだいるということ。

「いま使っていない搭載艇と要員をすべてさしむけます」《パーリンネン》船長が伝えた。「生存者は全員、ここに収容しましょう」

その言葉がささやかななぐさめになった。わたし自身はなにもできないから。こうした作業に《レダ》は向いていないのだ。

だが、救出活動のかたわらで戦いは再開した。いつエスカレートするかわからない。そうなったら《パーリンネン》の救出活動にも危険がおよぶ。

宇宙要塞チェオ＝三七一の砲撃がはげしくなった。ジュアタフとベングエルの反撃部隊はわずかに後退。とはいえ、状況はあまり変わらない。敵の武器の影響は広範囲におよび、いまなお殲滅的エネルギーが宇宙空間に放出されている。

《エンブウェネ》の最大の残骸がふたたび爆発を起こし、ドッキングしていた《パーリンネン》の搭載艇は虚空に吹き飛ばされた。その報告が通信チャンネルに押しよせる。

ハウリ人は通信の呼びかけにも反応せず、仮借なく戦っている。とはいえ、最初に《エンブウェネ》を襲った斉射とくらべると、ひかえめになってきた。

わたしは《レダ》の防御バリアを最大出力にして、《エンブウェネ》の近くへと操縦した。だが、戦いに介入する気はない。計画がだいなしになるから。

戦いは無意味だ。やるべきことはほかにある。物質シーソーに関すること、わが故郷を守ること、ヘクサメロンの教義のばかげたたわごとに異を唱えること。

ふたたび休戦状態となった。秘密惑星チェオバドの地上要塞も砲撃を停止。ジュアタフ船数隻が《パーリンネン》の救出活動を手伝いはじめた。奇怪な宇宙船がスクラップに近づき、ロボットがエアロックから出て、燃える残骸のなかへ消えていく。

救出活動の最初の成果があった。《パーリンネン》の搭載艇が一隻、残骸のなかから出てきたのだ。

「ジュアタフ十八体とヴェンノク二名を救出しました」ポサンドが報告した。

「ロダウル船長はどこにいる?」と、わたし。

「救出活動を指揮しています、アラブー。《エンブウェネ》の残骸のなかで」

わたしは率直に賞讃の意をしめした。ロダウルみずから、ジュアタフ・ロボットとヴェンノクの救出に向かったのだ。そうはひとこともいわなかったが。

「ヘクサメロンってのはおろかな連中だ」ナイ・レングがつぶやく。「ならず者め！」

カルタン人のものの見かたは非常に単純だが、罵倒ではこの問題は解決できない。

「ジュアタフ四十九体とヴェンノク十二名を救出しました」すこしして、またポサンドが報告。「あと七十二体のロボットと、十四名のヴェンノクが不明です。ロダウルも探しています」

わたしはかれの泰然自若《たいぜんじじやく》ぶりに感心するとともに、自分がなにもできないのでおちつかない気分になる。

ふたたび《パーリンネン》の搭載艇数機が《エンブヴェネ》の破壊個所から出てきた。宇宙要塞チェオ＝三七一に動きはない。

ところが、そのとき突然、赤くまばゆいハイパーエネルギーが宇宙空間を切り裂いた。宇宙要塞から《エンブヴェネ》の残骸に向けて集束ビームが放射され、数キロメートル手前で扇状にひろがる。

ビームは《エンブヴェネ》の残骸をまとめてとらえた。一瞬のちにはすべてが白熱する塵《ちり》となり、滝のしぶきのごとくあらゆる方向に流れ去っていく。

《レダ》もあおりを食ってひどく揺さぶられたが、エネルギー攻撃は持ちこたえた。

ポサンドの悪態が聞こえる。ベングエルは絶望していた。

「これでもう生存者は皆無《かいむ》です」と、意気消沈して告げる。「救出できたのはぜんぶでジュアタフ八十三体とヴェンノク十五名。あとはやられました。われらが船長ロダウルと、救出部隊のベングエル七十名もふくめて」

言葉が見つからない。ハウリ人の宇宙要塞はなんと残忍なのか。わたしはリスクもかえりみず、罪なき者を死に追いやってしまった。だが、後悔してももう遅すぎる。

「こちらジュアタフ・ロボットのコロブデン＝エラット」と、声がした。「イマーゴにお知らせがあります。われわれは《エンブヴェネ》の同胞の死に報いるべく、攻撃部隊を編成します」

「よせ！」と、わたし。「もう充分だ。これ以上、犠牲者を出してはならない」

「とめることはあなたにもできません。ベングエルたちもこの計画に賛同しています。われわれはやります、イマーゴ。勝手な行動をお許しください」

スクリーン上に大型のジュアタフ船十二隻が編隊を組むのがうつしだされた。そこにベングエル船八隻もくわわる。部隊は宇宙要塞チェオ＝三七一に向かって驀進《ばくしん》した。あらたに戦火がひろがり、チェオバドの地上基地も介入してくる。

チェオ＝三七一が存在するのは、戦闘部隊と惑星のあいだに生じたエネルギーの帯のなかだ。ジュアタフが宇宙要塞に集中砲火を見舞う。武装で劣るベングエルも、あらゆる手段でこの作戦をサポートする。

同時に、べつの部隊が近傍のセクターを攻撃。そこにある要塞を掩護するため、ここでもまた地上基地が宇宙空間にエネルギーを放出する。

ジュアタフ船の数隻が迅速な攻撃で成功したようだ。こちらの呼びかけにはまったく反応しない。

わたしは《レダ》を脇によせた。《パーリンネン》もつづく。目下の船長代理をつとめるポサンドとは、つねに通信がつながっている。

「かれらはあなたのために行動しています」《レダ》のおだやかな声が聞こえた。「復讐目的でも、無意味な破壊行為をしたいのでもありません。あなたが気づかれずにチェオバドに行けるよう、道を切り開いているのです」

それはよくわかる。だが、まだわたしはためらっていた。

「チェオバドにコースをとりなさい！」と、ドリフェル・カプセル。「気づかれずに着陸するのに、これ以上のチャンスはもう二度ときません」

「やるのだ！」ベオドゥが急《せ》かす。

「ここでぐずぐずして、ビームが命中するのを待つ気か？」カルタン人も同じ調子でいいつのった。

ジュアタフたちが宇宙要塞チェオ＝三七一に突撃した。要塞の防御バリアが揺らめきはじめ、構造亀裂が生じる。そこにベングエル船がエネルギー・ビームを見舞う。

「介入しますか？」と、《レダ》のシントロン。

「ノー！」

わたしがそう答えた瞬間、ジュアタフとベングエルの猛攻を受けて宇宙要塞が爆発した。とてつもないエネルギーのカオスが発生。《レダ》の探知表示もおかしくなり、通信コンタクトがとぎれた。スクリーンにはポサンドのゆがんだ顔がうつるだけ。それも、《パーリンネン》との距離が千キロメートル以下ゆえにわかったことだ。

「チェオバドにコースをとる」わたしはベングエルに伝えた。「ポサンド、全船に退却を指示するのだ。あらたに編隊を組みなおし、五分後にはウシャアル星系を去れ。わたしものちほどつづくが、まずはひそかにチェオバド侵入を試みる」

ポサンドから了解の応答が返ってきた。

「スタートだ、《レダ》！」わたしは声を張りあげた。「荒れ狂うエネルギーのなかに突っこみ、すばやくチェオバドに着陸するぞ」

カプセルはただちに動きはじめた。防御バリアを最大出力で展開しているが、戦いによるカオスのなか、そのエネルギー・エコーさえ減衰するのがわかる。

《レダ》はいつものごとく確信的に自主行動した。たちまち《パーリンネン》をとりまく宇宙船の輪からはなれ、破壊された宇宙要塞の瓦礫《がれき》のそばを通りすぎる。ここでジュアタフがベングエルの掩護を受け、仕事をやり遂げたわけだ。

惑星地表からはまだエネルギー・ビームが飛びかっているが、距離があるのと、宇宙船の動きがすばやいため、命中することはない。

「みじかいリニア飛行を実施します。ほんの数秒だけ」《レダ》がいった。

周囲の見慣れた光景がスクリーンから消え、しばらくしてまたあらわれる。

いまやチェオバドの地表まで、わずか十五万キロメートルあまり。

ジュアタフとベングエルが退却したというのに、まだ激戦はつづいている。チェオ＝三七一を破壊されたことで、ハウリ人があらたな兵力を総動員したようだ。

わたしはサブスクリーンに《パーリンネン》を呼びだし、ポサンドに通信コンタクトを試みた。だが、最初はうまくいかない。

すぐ近くでふたたび強力なエネルギー攻撃が発生。われわれを狙ったものでないのはたしかだ。わたしはスクリーンを凝視した。

まさにそのとき、ポサンドとの弱いハイパー通信ブリッジがつながった。ベングエルはなにかいいかけたが、いきなり黙りこむ。映像がひどく揺らいだと思うと、消えた。

これがなにを意味するのかは明確だ。つづいて光学センサーで確認したから。

《パーリンネン》にビームが命中したのである！

ベングエル船は爆発した。

だが、それはいままでに見たことのない爆発だった。命中ビームを受けた船が一瞬、まばゆい光輝のオーラにつつまれ、不可思議な色にきらめいたのである。なにか、まったく常軌を逸したことが起きたのだとわかった。

そこから先は考えられなくなる。

ベオドゥとナイ・レングの悲鳴が聞こえた。完全にパニックを起こしている。この瞬間、意識に衝撃がはしり、わたしは気を失った。そのさなかに奇妙な感覚をおぼえる。なにものかが自分のなかに押し入ってきたのだ。

4

ひどい頭痛で目がさめた。からだの全神経が鉛のごとく重くなったようで、腕を動かすことすらできない。

《レダ》のなかで床に寝ていた。隣りにはちびのアッタヴェンノクとカルタン人がいる。どちらも動かないが、呼吸はおだやかだ。

「いったいなにが起きた？　ここはどこだ？」わたしは乾いた唇でつぶやいた。

ネット・コンビネーションのピココンピュータがすぐに応答。

「なにが起きたか正確な説明はできません。《レダ》は望みどおり、チェオバドに着陸しました。現在ポジションは北半球にある峡谷のひとつです。あなたは二時間のあいだ意識を失っていました。ベオドゥとナイ・レングはまだ目ざめていません」

「なにが起きた？」わたしはくりかえす。「頭のなかでミツバチが暴《あば》れているみたいだ。まともにものも考えられない」

「すでに《レダ》とわたしで医療処置をほどこしました」と、ピココンピュータ。「同行者二名の世話もしました。かれらの症状はあなたほど深刻ではありませんが、メタボリズムが異質すぎて《レダ》がうまく処置できなかったのです。カプセルの装備はあなたのからだ専用ですから。とはいえ、ベオドゥもナイ・レングも命に別状ありません。あと数時間もすればショックはおさまるでしょう」

「わたしはなににやられたのだ？」と、上半身を起こしながら訊いた。

「ひどい意識ショックに見舞われていました。それがどこからきたのか、どういう性質のものかはわかりません。ペダスも効果なしです。つまり、非常に異質なメンタル放射のため、《レダ》のマイクロ装置も判定できなかったということ」

「なにもかも理解できんな。アフ＝メテムとはだれだろう？」

「わかりかねます」と、ピココンピュータ。

なぜそんな名前が口から出たのか、自分でもわからない。そこで思いだした……気を失うすこし前、なにものかが自分のなかに押し入ってきたことを。

「われわれの着陸に気づいていないはずはないのですが、いまのところハウリ人は姿を見せていません」ピココンピュータがつづける。

わたしは記憶をたどってみた。《パーリンネン》が命中ビームを受けたさい、奇妙な光輝のオーラにつつまれたこと。それとほぼ同時に自分がメンタル・ショックにやられたこと。これらの出来ごとに関連があるかどうかは不明だ。

〈アフ＝メテム……炎の侯爵〉

そのフレーズが思考のなかで明確なかたちになった。わけがわからない。〝炎の侯爵〟という言葉は、これまで聞いたことがないと思うのだが。

「チェオバドについてわかることは？」と、訊く。もちろん無意味な質問ではないが、頭をクリアにするために言葉を発したのだ。

「重要データはすでに着陸機動のさい入手しました」《レダ》の心地よい声が応答した。

「チェオバドは温暖湿潤で暗い惑星です。直径一万二百キロメートル、地表重力は一・二三G。陸地は全体の三分の一しかありません。多量の水が存在することと、二十八度から四十二度という比較的高温のせいで、惑星全体はつねに厚さ数キロメートルの雲におおわれています。恒星の軌道面に対して地軸のかたむきがほとんどないため、季節は存在しません。数すくない大陸には熱帯雨林が密生しています」

「ハウリ人はどこにかくれている？」

「いまわれわれがいる北極地帯には大きめの大陸がひろがり、その中央付近に九千メートル級の山々が連なっています。そこに山をくりぬいてつくった、外から見ると開けた場所が存在します。わたしが発見した惑星唯一の居住区域で、名前はソンカット。ソンカットの町から二千キロメートルはなれたところが現在ポジションです」

わたしは聞いていながらも、心ここにあらずだった。このとき、ふたたび未知の記憶が意識に入りこんできたから。

「《レダ》」と、話しかける。「意識ショックに見舞われる前には存在しなかった、ある思考が頭からはなれないのだ。異思考がショックを通じてわたしのもとへ到達したか、あるいはなんらかの理由で突然その思考にアクセスできるようになったのか」

「あなたを襲ったメンタル放射の種類は特定できませんでした」《レダ》が残念そうにいう。「なにが起きたのか、わたしにもわかりません。身体的・精神的状態はまったく問題ないのですが」

「アフ＝メテム」と、声に出してみる。「なにものだろう？」

　いささか驚いたことに、答えは自分自身のなかから聞こえた。

〈アフ＝メテムは炎の侯爵。ヘクサメロンのヒエラルキーのなかで重要な役割をはたす存在。ヘクサメロンを構成する六名のうち一名が具象化したものだ〉

　自分の意識のなかでくりひろげられるこの奇妙な現象について《レダ》に伝えたが、なんの助言も得られなかった。アフ＝メテムという名前にはまったく心あたりはないという。

「このあらたな知識が〝おりてきた〟のは意識ショックがきっかけだと思う」と、カプセルに告げた。「どういうメカニズムなのか想像もつかないし、《パーリンネン》の破壊と関係あるのかどうかも、だれがやったのかもわからないのだが」

「《パーリンネン》が命中ビームを受けたさい、とてつもない量のプシオン・エネルギーが放出されたのを探知しました」と、《レダ》。「その後、さらにべつのプシオン・インパルスをキャッチしたのです。目的も内容も不明ですが、なんらかの関係があるのはまちがいないでしょう。ただ、特定はできません。漠然とした印象では、ふたつめのインパルスはチェオバドに向けられたもののようでした。とはいえ、勘ちがいかもしれません」

「ジュアタフとベングエルに連絡してみたか？」

「いいえ。こちらの所在地が不用意に洩れることのないよう、通信封止しました。部隊はとうにウシャアル星系を去り、遠方にいます。《パーリンネン》の破壊後は戦闘行為も起きていません」

ちびのアッタヴェンノクが身じろぎしはじめた。数分たつと起きあがり、おちつかないようすで周囲を見まわす。

かれが最初に発したのは、次の言葉だった。

「アフ＝メテムはどこだ？」

＊

それから半時間もすると、友はふたりともすっかり元気をとりもどした。もちろんどちらも、この三時間のあいだになにが起きたかおぼえていない。それでも驚いたことに、ベオドゥもナイ・レングも〝アフ＝メテム〟や〝炎の侯爵〟という言葉を知っていた。ふたりとも概して精神状態はクリアだという印象を受ける。やはりかれらにも、理解できない出来ごとのなかで、なにかがおりてきたのだ。

とはいえ、かれらがアフ＝メテムやヘクサメロンとコンタクトしたはずはない。わたしの受けとった知識のほうが、より広範囲だから。われわれはアフ＝メテムの外見を想像するべくあれこれ話し合ったが、失敗に終わった。仮想の存在は漠としてつかめず、どんな姿か描きだすこともできない。

謎の存在に関して三人が持つ知識をすべて合わせても、断片的なことしかわからなかった。この奇妙な出来ごとがなにを意味するのかも不明である。

わたしはベオドゥとナイ・レングに話し合いをつづけさせておき、一スクリーンに向かった。周囲の環境がうつしだされている。ほとんどはすでに知っているものだ。《レダ》は深い峡谷の地面に着陸していた。両側を小川が流れ、その一部は先のほうでひとつになっている。真昼だというのに、空の色は濃いグレイだ。ぶあつい雲におおわれているため、チェオバドでは晴れる日がない。陰気な雲の天井に向かって、地球のトウヒを思わせる巨木が細い枝をのばしている。

「外に出てみる」と、わたし。

「了解しました」《レダ》がいつもの友好的な声で応じる。「エアロックを開けます。外は気圧が比較的高く、重力は一・二三Gもありますが、ネット・コンビネーションを着用していれば大丈夫でしょう。大気組成は問題ありません。こちらとはピココンピュータを通じていつでも通信できます」

「当然だな」

「われわれは機内にとどまる」ナイ・レングが声をかけてきた。「心配するな、ペリー。なぜアフ＝メテムが頭のなかに入りこんできたか、徹底的に解明したいだけだ」

わたしは惑星地表に足を踏みだした。地面はやわらかく湿っている。ネット・コンビネーションに指示して重力バランスを調整した。〇・八八Gにしておけば、走るのも容易になる。

カプセルからだいぶはなれると、豊かな動物世界がひろがっていた。自然の水辺のあいだには不思議な外見のコケ類が繁茂し、小川のせせらぎが張りつめた神経をいやしてくれる。

疑問は山ほどあった。とりわけ、どうしても知りたいことがひとつある。その疑問が意識の論理層をかきまわし、感情をも揺さぶっているから。

《パーリンネン》にビームが命中したとき、実際はなにが起きたのか？　船には何名ものベングエルが乗っていた。くわえて《エンブヴェネ》から救出してきたジュアタフ・

ロボット八十三体と、ヴェンノクの生存者十五名もいたはず。その全員が命を落としたのは、けっして偶然なんかではない。だが、最初にわたしが経験した奇妙な光輝現象は、いったいなにを意味するのか？

これらの出来ごとと、わたしのなかに突然おりてきたアフ＝メテムに関する知識には、関連があるのか？　タイミングの一致からそうだと思えるものの、証拠がない。

ジュアタフ・ロボットやベングエルとは、つねに用心深くつきあってきた。イマーゴ症候群の全容もまだ見通せずにいる。なのに、こんどは〝アラブー〟という奇妙な呼称で崇拝されることになった。

わたしのなかに押し入ってきた作用については、もっとわからない。あらたな知識はもっぱらアフ＝メテムに関するものだ。これは、わたしがその方向から影響を受けて操作されているという暗示ではないか？　もしかしたら、イマーゴ症候群の背後にヘクサメロンがひそんでいるのか？　ベングエルとジュアタフ・ロボットは、わたしが引き金となって集団自殺に追いこまれたのかもしれない。だが、事実がすべて異なる可能性もある。

なぜハウリ人はここに姿を見せないのだろう？　《レダ》の着陸に気づかないとは断じて考えられない。これまでの経験からして、かれらはウシャアル星系のどこよりもチェオバドに防衛力を集中している。そこに物質シーソーの制御ステーションがあるから。

　わたしは水辺の縁にある大きな岩ブロックの陰にうずくまり、いくつか小石をひろってみた。その模様を見ていると、なにかのかたちのようだが、なにも浮かばない。よく知る者や知らない者の姿が、目の前に浮かんでは消えていく。

　ゲシールとエイレーネ。アフ＝メテムと、ほか五名のヘクサメロンの侯爵。女ふたりの姿は鮮明に浮かぶが、ヘクサメロンの煽動《せんどう》者についてわかるのは象徴的な映像だけだ。目を閉じると、マスクをつけたアラスカ・シェーデレーアの顔が浮かぶ。その隣りではグッキーが宙返りをしている。ブリーの顔も思いだした。それから、ハウリ人のナルモン・アルド・ティイル。その隣りに立つのは、危険な水使いの赤いハウリ人二名。

　これらすべてが頭のなかに渦巻いていた。どうやら、まだ完全に本調子ではないらしい。異宇宙での孤独感が神経をさいなんでいるのだ。愛する者たちの運命がわからないことも影響しているだろう。

　わたしは水に向かって小石をほうり投げた。石はしぶきをあげたのち、すぐに奔流にのまれる。本心をいおう！　わたしを悩ませているのは、望んだわけでもないのに頭からはなれないもの……アフ＝メテムに関する知識だ！

「探知！」《レダ》が警告してきた。「小型の乗り物が一機、近づいてきます」

　これを聞いたわたしは、妙な話だが、物思いから引きはなされてほっとした。

「ハウリ人か？」そうたずね、立ちあがる。

「たぶんちがうでしょうが、あるいはそうかも。よくわかりません」

こんな曖昧《あいまい》な応答は《レダ》らしくない。

「通信コンタクトは？」

「とりました。相手が応答したのですが、映像はありません。クルッパと名乗っていました」

クルッパ？　《パーリンネン》にいたおかしなロボットか？　そんなはずはない。あの船は破壊されたのだから。

「聞きまちがいじゃあるまいな、《レダ》？」

「いいえ。わたしに聞きまちがいはありません。クルッパいわく、もう一名アラブーの友を連れてきたと。すぐに小型機があなたにも見えるでしょう。どう応じますか？」

「ようすをみるのだ！」

自分もそうすることにした。しばらくして、ハウリ人の宇宙フェリーがあらわれた。われわれがタルウルを去るときに使ったものだ。いや、ヴェンノクがわれわれのもとへやってきたときの乗り物か？　それとも、同じ建造方式のまったくちがう船か？　どうも罠のにおいがする。

小型機は《レダ》のすぐ近くに着陸。エアロックが開く。わたしはネット・コンビネーションの防御バリアをオンにし、慎重に近づいた。

そこにあらわれた姿を見たとたん、仰天して立ちつくす。

破壊された《パーリンネン》の船長、ロダウルではないか。

ベングエルのうしろからなにかがすばやく出てくる……いかれロボットのクルッパだ。

球体はわたしに突進すると、一本しかない〝腕〟を振り動かし、明るく澄んだ声で甲《かん》高《だか》いヨーデルを歌いはじめた。

「もうけっしてはなれません、イマーゴ。われわれは永遠にいっしょ。これ以上の望みはない！」

クルッパが踊り狂っているあいだに、ロダウルが近づいてきた。目に悲しみをたたえ、

「わが《パーリンネン》は命中ビームを受け、多くの友が死にました、ペリー・ローダン。わたしが生きのこれたのは、ここにいる、いかれロボットのおかげです。ジュアタフ・ロボットとヴェンノクの救出活動にあたっていたわたしを、クルッパが無理やり《エンブヴェネ》から連れだしてくれたのです。《パーリンネン》が壊滅したさい、なにか理解不能なことが起きて、わたしは長いあいだ気を失っていました。ようやくいま、ここにこられたというわけです」

わたしは言葉もなく、ただうなずいただけだった。

*

われわれは《レダ》の前に陣取り、それぞれの体験を報告し合った。やはり予想どおり、ベオドゥとナイ・レングはアフ＝メテムの姿を思い描くことができなかったそうだ。ロダウルとクルッパは炎の侯爵の名前を聞いても、なんのことかわからないという。

　わたしがきびしくいいきかせたので、球状ロボットは歌い踊るのをやめ、そばでおとなしくなった。まるで忠犬のように。

「きみたちはチェオバドにぶじに着陸できたのか？」わたしはベングエルに訊いた。

「そうなのですよ。てっきり攻撃されるものと思っていたのに、大丈夫でした。クルッパはいかれロボットですが、天才でもありまして。チェオバドに問題なく着陸できる、そこであなたに会えると、ずっといいつづけていたのです。とても信じられませんでしたが、かれの読みどおりでした」

「おかしなことばかりだ。なにより不思議なのは、ハウリ人が息をひそめていること。《レダ》やきみたちのフェリーを探知したのはまちがいないのに、まったく姿をあらわさない。《パーリンネン》が命中ビームを受けたさい、われわれの理解できないなにかが起きたにちがいない」

　さらに話し合いはつづく。そのあいだもクルッパは何度となく狂騒状態になり、わたしへの讃辞をくりかえすので、しだいに神経にさわってきた。いずれにしろ、現時点で疑問の答えが出るわけではない。わたしはベオドゥとナイ・レングとロダウルにしばし

辛抱するようたのんでから、球体に向きなおり、

「クルッパ」と、話しかけた。「きみはなにものだ？　なにを望んでいる？」

「わたしはジュアタフ・ロボット」歌うような声が赤道環から響いた。「みんなわたしを嫌うけれど、わたしはあなたが好き。みんなわたしをいかれロボットと呼ぶ。もしかしたら、本当にそうかもしれない。わたしはあなたのそばにいる運命なのです、イマーゴ。わかっているのはそれだけ」

　そういうと、走りまわって大きくジャンプし、わたしの上を跳びこえた。触手がめちゃくちゃな動きをしている。明るい声でまたべつの歌を歌いはじめた。

「だれかこの変なやつをとめられないのか？」カルタン人が叫ぶ。「ばかげた動きを見ていると、こっちまでおかしくなりそうだ」

「ナイ・レングのいうとおり」ベオドゥも賛同した。「こんな球っころ、作動不能にしよう！」

「好きにさせてやってくれ」ロダウルだ。「勝手なやつだが、なんといってもわが命の恩人なのだ。かれに拉致《らち》されなかったら、わたしは《エンブウェネ》で死んでいた」

「わたしがみんなを拉致します」球状ロボットが歌う。

「あなたがたの会話をずっと追っていましたが」《レダ》がきわめて冷静な口調で割りこんだ。「だいじな話を聞く時間はありますか？」

「なんだ？」と、わたし。

「ハウリ人の町ソンカットより、通信で呼びかけがありました。タルポ・ルム・ネミースと名乗る者が、アフ＝メテムにお目にかかりたいとのこと」

予想外の知らせだった。タルポ・ルム・ネミースという名前に聞きおぼえはないが、アフ＝メテムなら何度も耳にしている。その名をチェオバドのハウリ人が持ちだすとはどういうことか。わたしはますますおちつかなくなった。

クルッパがすばやく近づいてきて、愛情こめて触手を巻きつけ、耳ざわりな声でくすくす笑う。

「あなたはだあれ？」そう歌いながら、左右六本ずつの脚でぴょんぴょん跳びはねた。「イマーゴ、アラブー、それともペリー・ローダン？　教えてあげましょう。あなたはアフ＝メテムです！」

とんでもないナンセンスだ。ちびのアッタヴェンノクが口をきわめてののしり、頭翼を震わせる。〝ぽんこつのブリキ球め〟という言葉が何度も聞こえた。

カルタン人はうなり声をあげ、両のこぶしでクルッパを威嚇《いかく》した。ロダウルはただ首を振るばかり。

「おちつけ！」わたしはぴしりといった。「全員、ここで待つのだ。わたしは《レダ》からタルポ・ルム・ネミースとやらに連絡してみる」

「はいはい。われわれは〝待ち〟、あなたは〝町〟で剣を研ぐ！」球状ロボットが歓声をあげた。「クルッパからネムポ・プルム・タリースによろしくお伝えください」

　わたしはグラヴォ・パックを使って《レダ》のもとへ行った。カプセル内に入ると、通信スクリーンにうつった一ハウリ人がこちらを凝視している。

「あなたの映像も向こうに送りますか？」《レダ》が訊いた。

「そうしてくれ」

　革肌の男がはっとしたのがわかった。

「あなたはまさに高貴なるアフ＝メテム！」と、顔を震わせる。わたしはクルッパの言葉を思いだした。いったいこれはどういうことだ？　だれが裏で糸を引いている？

「卑しきしもべ、ソンカットの教区長タルポ・ルム・ネミースがご挨拶申しあげます。あなたがこられるというメッセージを受けたものの、支配者ヘプタメルの真の使者がヘクサメロンの下位従者のもとを来訪されるとは、とても信じられずにいました」

　わたしはなだめるようなジェスチャーをして時間を稼いだ。この挨拶の内容をよく吟味しなければ。アフ＝メテムについていくらかは知ったが、わたしはいまもペリー・ローダンだ。それがヘクサメロンの代表アフ＝メテムだと？　鳥肌が立つ。

　その一方で、こうも考えた。このチャンスを利用しない手はない。

「《レダ》が言及したふたつめのプシオン・インパルスをおぼえていますか」ピココン

ピュータがささやいた。「チェオバドに向けられたものらしいとのことでした。あなたが受けとった説明のつかない情報を、チェオバドのハウリ人も同じく受けとったのでしょう。《レダ》やロダウルの宇宙フェリーが着陸阻止されたり攻撃されたりしなかったことも、これで納得できます」

わたしは気合を入れ、きびしい口調でタルポ・ルム・ネミースに訊いた。

「ほかになにかいいたいことは？」

「直接お目にかかってもよろしいでしょうか？　派遣団を連れていきたいのですが。つねにヘクサメロンに忠誠を誓っているわれわれとしては、無礼をおかしたくありません。六日間の完成がなによりだいじですから」

「いいだろう」わたしは寛大さをよそおって応じた。「きみと臣下の到着を、連れとともに待つとしよう」

「お連れさま？」不審げな声が返ってくる。

「きみが見ているのはわたしの映像だが、わが連れは実在する。かれらにも敬意をもって接するように。さもなくば、支配者ヘプタメルにそれなりの報告をあげるぞ」

「支配者ヘプタメルと話ができるのですか？」驚きながらも好奇心をかくせないようすだ。

「六日間教義では質問は許されない！」と、叱りつけた。「黙ってしたがえ！　待っているからすぐにくるのだ、タルポ・ルム・ネミース！」

「おおせのとおりに」へりくだった返事がくる。「お連れさまともども、歓迎いたします」

5

わたしはこの結果を急いで友たちに知らせた。

「よく注意して聞いてくれ！　とくにきみだ、クルッパ。これからハウリ人の派遣団が迎えにくる。リーダーの名前はタルポ・ルム・ネミースといい、わたしのことをヘクサメロンからの使者アフ＝メテムだと思いこんでいる。理由は訊かれてもわからんが、このチャンスを利用しない手はない。いまからわたしはアフ＝メテムだ。その名で呼ぶか、または〝侯爵閣下〟と呼びかけるように。きみたちはわたしの供ということになっているから、自分の名のままでいい」

「侯爵閣下！」球状ロボットが歓声をあげ、また狂ったように踊りはじめた。「すてきな響きです、敬愛するアフ＝メテム」

ベオドゥとナイ・レングとロダウルがわたしをじっと見つめる。かれらについては心配ない。不確定要素はただひとつ、おかしなクルッパのことだけだ。

「ロダウル」わたしはベングエルに向きなおった。「きみの乗ってきた宇宙フェリーはハウリ人にあやしまれるかもしれない。行って自動操縦をプログラミングし、無人のままタルウルにもどるようにしろ」

「了解しました、アフ＝メテム」

それから《レダ》に通信をつなぐ。

「とりあえず、陰にひそんでいてくれ。ジュアタフとベングエルの船団のようすをこっそり知らせてほしい。コンタクトはつねにとれるようにしておくが、こちらから連絡するのは緊急事態が生じたときのみ。わたしは当面、ヘクサメロンの代表を演じるから」

カプセルはすぐに了承。しばらくすると、宇宙フェリーも《レダ》もぶあつい雲のなかに見えなくなる。

「ソンカットの方向から大型グライダー二機が近づいてきます」というのが《レダ》の最後の報告だった。「数分後には到着するでしょう」

わたしは同行者四名を半円形に配置し、自分はその中央に立った。すぐに件《くだん》の有蓋グライダー二機があらわれ、ならんで着陸。

その一機から重武装の黒いロボットが複数出てきて全方向に散らばり、わたしの周囲で大きな円をつくった。武器をこちらに向けずに遠ざけているのが、せめてものなぐさめだ。

これらはすべて防衛措置の一環だろう。敵の姿がないだけで。

　ロボットが位置につくと、二機めのグライダーのハッチが開いた。そこにあらわれた姿を見て、すぐにタルポ・ルム・ネミースだとわかった。こちらの同行者四名を興味深げに観察しながら、ゆっくり近づいてくる。

　タルポ・ルム・ネミースのうしろからつづくハウリ人五名を見て、わたしはパニックになりそうな気持ちをおさえた。全員、水使いの赤い衣服を身につけているではないか。例のカミカゼ特攻隊に属するおなじみメンバーだ。いやな予感がする。

「ご挨拶を、アフ＝メテム閣下」タルポ・ルム・ネミースが深々とお辞儀をした。「到着が遅れましたこと、ご容赦ください。受けとったメッセージに場所の情報がなかったものですから、調べなくてはならず……」

「もういい」わたしは無造作に手を振り、トランスレーターを使って応じた。ハウリ語は多少わかるようになったが、まだ完璧には使いこなせないから。「きみがソンカットの教区長だな。この水使いやロボットはなんのために連れてきた？」

「あなたに敬意を表し、お守りするためです」ハウリ人があわてて答える。

「わたしも連れも自分のことは自分で守れる」わたしはわざと尊大な口調でいった。

「もちろんですとも、アフ＝メテム閣下。わたしの軽率な勇み足でした。お許しください」タルポ・ルム・ネミースはそういうと、赤いハウリ人とロボットに手ぶりで合図し、グライダーに帰らせた。

「わたしがここにきた理由はわかるな?」と、大声でどなりつけた。ここでなにが問題になっているのか、ミスをおかさずに知るには、こちらがイニシアティヴをとらないと。

「想像はつきますが、閣下」ハウリ人は慎重に答えた。「ここでそれについて話すのは、いささか不適切かと。どうかみなさんでソンカットまでおいでください。わが家を使っていただいてかまいません。そこでゆっくり、あなたが問題視されているチェオバドの状況について話し合えるかと思いますが、いかがでしょう?」

タルポ・ルム・ネミースはどうにも居心地悪そうだ。うしろめたいようだし、時間を稼ぎたい気もあるらしい。それでもわたしはかれの提案に乗ることにした。

グライダーには充分なスペースがあった。一ロボットが操縦しており、奥のほうにいつものカーキ色の衣服を身につけたハウリ人が三名いる。同じくこのグライダーに乗っているはずの赤いハウリ人は姿が見えない。後部スペースのどこかに教区長がうまくかくしたのだろう。

だれも話をしないまま、ソンカットへの飛行はつづいた。ハウリ人たちはわが同行者に目もくれないが、わたしにはときおり畏敬の視線をおずおずと向けてくる。

さいわい、クルッパがおとなしいので助かった。触手は絶え間なく動いているが。

グライダーはかなり高度をあげた。北大陸のひろい範囲がよく見える。《レダ》のいっていた山々の偉容が目の前に浮かびあがった。頂上はどこまでもつづく雲の海にかくれて見えない。

グライダーが降下すると、ハウリ人の居住区域が視界に入ってきた。ソンカットはおそらく五千万以上の人口を擁する町ではないか。見わたすかぎりのびており、地下にも建物や施設があるのはまちがいない。

山をくりぬいて町を築いた部分は半円形で、すくなくとも幅二十キロメートルにおよぶ。

上空から見るかぎり、建物はどれも新しく近代的な感じがした。だからといって、もちろんソンカットがどれくらいの歴史を持つかはわからないが。

ロボット部隊を乗せたほうのグライダーがはなれ、町の下方にある谷底をめざしていく。そこに横に長くのびた建物群があった。おそらく兵舎だろう。

わたしは好奇心をおさえつつ、建物群に目をはしらせた。どこかに制御ステーションのシュプールがあるかもしれない。しかし、技術的に目を引かれるようなものは見あたらなかった。

「町の方角からくるのは通常エネルギー・インパルスのみ」ピココンピュータがささやく。「ハイパーエネルギー・インパルスは山脈の内部からきます。ステーションがあるとすれば、そこしか考えられません。あなたがまだ意識を失っていたとき、《レダ》もそういっていました」

ロボット操縦士はソンカットの上方地域をめざした。われわれの両側に二カ所、山中へと穿《うが》たれた開口部が見える。その前にある切り通しは、家ほどの大きさのエネルギー格子《こうし》とふつうの柵で封鎖されていた。

開口部じたいは直径四十メートルほどの黒い穴だ。ふたつの〝トンネル〟のどちらにも二重線路が敷かれているが、列車のたぐいはどこにもない。近くを通りすぎるさい、出入口のところにエネルギー・フィールドのかすかなきらめきが見えた気がした。

まちがいない。あれが物質シーソーの制御ステーションにつづく道だろう。

ソンカット上方地域の建物は、最初に見たものより大きく贅沢な感じがした。ここではまさに文字どおりのヒエラルキーが機能しているらしい。町の下方、すなわち下町にあるのは兵舎や倉庫で、その上には種々の居住区がつづき、山の内部に通じる巨大トンネルふたつの上方に住むのは管理者クラスというわけか。

下町にはハンガイ銀河のあらゆる種族がいたが、上に行くにつれて住民の数は減ってくる。両トンネルの上方にいるのはハウリ人だけだ。

グライダーはもっとも大きく豪奢《ごうしゃ》なつくりの建物の上で静止した。高さ百メートルはありそうなドームと、長さ四十メートルほどの翼部ふたつで構成されている。淡い赤のトーンで統一された建物の前には手入れのいきとどいた芝生がひろがり、木々や花壇が幾何学模様に配置されていた。即物的なハウリ人がこうした感性を持つとは驚きだ。どうもかれらの趣味にそぐわない。

　グライダーはドームの前に着陸した。

「拙宅です、アフ＝メテム」タルポ・ルム・ネミースがいった。「わたしがここからソンカットの政治に関する指揮をとっており、技術面は制御マスターのゲルゴ・ルム・ハーラルが担当しています。お連れさまともども、ご自由にわが家をお使いください。案内させていただいてよろしいでしょうか？」

　わたしはぞんざいな手ぶりで了承した。

　グライダーのハッチが開いた。最初にタルポ・ルム・ネミースが降機し、わたしと同行者四名がつづく。しんがりは教区長のお供をつとめるほかのハウリ人だ。

　外に出ると、ハウリ人五名とロボット五体からなる外交団がわれわれを出迎えた。

「おやおや！」クルッパが小声で、「知り合いがいる」

　ハウリ人のだれかか、それともロボットのことか？　わからない。わたしはなにも聞こえなかったふりをした。

＊

　最初に案内されたのは、中央ドームの最下階にある円形の執務室だった。部屋の中央に主コンソールがあり、そこからほかの設備を操作できるようになっている。あとは大型コンピュータが数台、スクリーン三つ、通常通信ならびにハイパー通信のシステム、各種探知装置など。

ふたつに分かれた操作コンソールがあり、ハウリ人が二名すわっていた。もっぱらここで、チェオバド軌道にある千カ所ほどの宇宙要塞や、それよりはずっと数がすくない地上基地を管理しているらしい。

執務室は全体を見わたせるし、その機能も容易に理解できる。だが、物質シーソーの制御ステーションとつながっているような気配は発見できなかった。それに関する質問をするのはやめておく。

「ご自分の家だと思ってください、アフ＝メテム閣下」タルポ・ルム・ネミースが熱心にいう。「なんでも使っていただいてかまいません」

わたしはなにもいわず、ただうなずいた。

それから、かれは執務室の隣りにならぶ居室にわれわれを案内し、七部屋からなるスイートルームを自由に使っていいといった。どちらかというと質素なしつらえで、通信端末がいくつかある以外、技術装置は皆無だ。

飲食物や衛生設備はハウリ人の標準的なもの。飲食物に関しては困ったことになるだろう。ハウリ人が飲み食いするのはウルヒイトゥとポナアだけだから。とはいえ、わたしはこの点にも触れずに、

「時間はたっぷりある、タルポ」と、いった。「わたしも連れも、まずはすこし休んでからソンカットを見てまわるつもりだ。そのあと、執務室で最初の話し合いを持とう。半時間後にグライダーを一機、用意してもらいたい。下町に行くので」

「下町に？」ハウリ人の声には不審と驚きがまじっていた。「失礼ですが、侯爵閣下、なにをなさるおつもりで？　あそこには兵士と単純労働者と供給担当しか住んでおりませんが」

「すべて見てまわりたいのだ。結局のところ、支配者ヘプタメルはヘクサメロンの一メンバーひきいる査察チームをチェオバドに日常的に派遣するわけではないからな」

「査察？」ソンカットの教区長は明らかに狼狽している。

「あたりまえだ！　われわれが遊びにきたとでも思ったか？　きみのかかえる問題やミスについて話し合う時間はたっぷりある。山中のステーションを調べる時間もな」

「山中のステーション？」こんどはハウリ人は息をのんだ。「はあ、たしかにそうですな。あなたがいらしたことを、制御マスターのゲルゴ・ルム・ハーラルに知らせたほうがいいでしょうか？」

「とっくにそうしておくべきだった！」わたしは大声を出した。「グライダーを用意しろ。あと、われわれだけにしてくれ」

タルポ・ルム・ネミースは濡れたむく犬みたいにしょげて姿を消した。

教区長が出ていくと、わたしはベォドゥにドアを閉めさせた。それから同行者たちに、まだ黙っているよう身ぶりで指示する。

数分すると、ピココンピュータが知らせてきた。

「盗聴装置とおぼしきものはどこにもありません」

それを聞いて、われわれは簡素な椅子に腰をおろす。

「さて、アフ＝メテム」口を切ったのはナイ・レングだ。「お供の行動に満足されましたかな？」

カルタン人の芝居は気にいった。わたしは笑みを浮かべ、

「ほぼ満足だ」と、答えた。「クルッパ！　きみがグライダーを降りるさいにいった言葉はどういう意味だ？」

「わかりません、侯爵閣下。記憶の多くを失っているので」ロボットが情けない声を出す。「以前わたしを機能不全にしようとしたハウリ人がいたと思ったのです。名前はケム・エナウ。いつだったか、わたしはハウリ人に捕まった。かれらはわたしを自分たちの目的どおりに改造しようとした。けれど、わたしは逃げだした。きっとそうです」

「正確には知らないのか？」

「正確に知っているのは、あなたのそばにいなければならないことだけ」

この奇妙なロボットについて、それ以上わかることはなかった。

「さっきいったとおりだ。半時間後、ベオドゥと町に出かける。きみたちはここにのこれ。わたしの不在中はナイ・レングの指示にしたがうように」

ベオドゥが部屋割りをする。わたしといっしょの部屋を使うことはできないといわれたクルッパの嘆きようは尋常ではなかったが、ひとりぼっちはいやだとごねたところ、ロダウルが同室を申しでたので最終的には満足した。

わたしは英気を養うため、自分の部屋に引っこんだ。

しずかに考えにふけるとしよう。

*

チェオバドでの第一目標は、物質シーソーの制御ステーションを調査すること。物質シーソー・プロジェクトのせいで、ハンガイ銀河の一部が通常宇宙に遷移するたび、わが故郷から大量の恒星集団がタルカンに移送されてしまう。あと二回、こうしたことがおこなわれる予定だ。そのうち一回は、どうにか延期にこぎつけられたが。

制御ステーションの調査とならぶもうひとつの計画は、技術設備の破壊である。ステーションが作動不能になれば、物質シーソーそのものも使えなくなるはず。ここまでは考えた。

しかし、実現の可能性には疑問符がつく。まず肝心の物質シーソーがどこにあるのか、これまでまったく手がかりを得られていない。最初、制御ステーションと物質シーソーは同一のものだと推測していたのだが、最近の出来ごとから、その前提では考えられなくなった。

論拠が曖昧だったと認めるしかない。タルカン宇宙にきてから、あまりに多くの出来ごとが押しよせたため、はっきりした全体像が描けなくなっている。わが行動の動機も完全に明白とはいえない。カルタン人の側に百パーセント味方しているのはたしかだし、ハンガイ銀河を通常宇宙に移送するというかれらの計画を、ある意味では支持している。ただ、それにより看過できない危険が生じるのもわかっていた。

このとてつもない計画が、銀河系や局部銀河群に属する他銀河にどういう影響をあたえるか、だれにもわからないのだ。というわけで、わたしがカルタン人を支持するのは、かならずしもかれらの行動を正当だとみなしたためではなく、ものごとの関連性によって決めたところが大きい。

ヘクサメロンはこの銀河移送計画に反対の立場をとっている。六日間教義は宇宙の死と滅亡を待ち望むものだから。考えれば考えるほど、これはまちがった邪悪な教えだとわたしは確信するようになった。宇宙全体の自殺を説いているからだ。

六日間教義の死の教えに対する嫌悪感から、わたしはカルタン人の側に立った。つまり、ネガティヴな動機ということ。それが気にいらない。あるイデオロギーに反発しつつも、それにとってかわる主義主張を構築できないのだから。

今回はなにかを推し進めるのでなく、ただ狂気の邪教に逆らっているだけだ。

ヘクサメロンはタルカン宇宙の滅亡をできるだけ加速させたい。だが、カルタン人がハンガイを遷移させれば、死にゆく宇宙の収縮プロセスは緩慢になる。その解決策として、ヘクサメロンは物質シーソーを建造したのだ。通常宇宙の物質を……いまのところ比較的まだ小規模だが……タルカンに移送することで埋め合わせようとしている。

これがわたしにとり、もうひとつの動機となった。ハンガイを通常宇宙にうつすよりもずっと危険な、わが故郷宇宙への重大な脅威を意味する行為だから。

物質シーソーがどこにあるのかも、その正確な作動機序もわからない。だが次にそれが作動したなら、銀河系の一部が死にゆく宇宙に送られて、ヘクサメロンの手に落ちるかもしれないのだ。

状況は予断を許さない。アフ＝メテムという予想外の役割が手に入ったことによっても、事態は変わらないかもしれない。それでも、謎だらけの物質シーソーについてより多くの情報を得るチャンスだ。

部屋を出ると、ベオドゥがすでに待っていた。ふたりで教区長の執務室を抜け、戸外に出る。建物の前に四人乗りグライダーがとまり、ハウリ人二名が立っていた。どちらもタルポ・ルム・ネミースの部下で、こちらの到着を出迎えた外交団のメンバーだ。

「乗り物の用意ができました。われわれ二名が同行します、アフ＝メテム閣下」革肌の一名がいった。どこか、ようすを探るようなそぶりが見える。

「同行者をつけろとは指示していない」わたしはきびしい口調で応じた。「きみらの名は？」

「わたしはケム・エナウ、こっちはケム・アルッです」相手は疑わしげな目で、「あなたにお供するよう、教区長タルポ・ルム・ネミースにいわれました。土地勘のある者が案内したほうがいいだろうと」

ケム・エナウ。クルッパが言及していたハウリ人だ。同行させたほうがいいだろうか。いや、させないほうがいいかも。わたしは切り札を出そうと決めた。

「案内は必要ない。チェオバドの地理はわかっている。タルポ・ルム・ネミースはわたしの知識を見くびったのだな。けしからん。ところで、ケム・エナウ。前に一度会ったことがあるな。きみはおぼえていないようだが」

革肌は非常に驚いた顔をする。

「そのとき、わたしはクルッパというロボットの部下を連れていた」と、つづけた。「思いだしたか？　きみはロボットを自分の目的どおりに改造しようとした。当然ながら失敗したが。それでも、きみの働きには満足した。テストは合格だ」

ハウリ人は空気をもとめてあえいだ。言葉は出てこない。

「行くぞ、ベオドゥ！」わたしは革肌二名にかまわず、グライダーに乗りこんだ。ちびのアッタヴェンノクにとり、機の操縦は朝めし前だ。

「下町へ！」わたしは命じた。

6

われわれは到着時と同じルートを逆方向に進んでいった。今回は町や住民のようすをよく知るため、やや低高度を飛ぶ。

とりわけ興味があるのは、山中につづくふたつのトンネルだ。その切り通しにグライダーが近づいたとき、いささか驚くことが起きた。

操縦コンソールから鋭い信号音が響き、文字が浮かびあがったのだ。

〝無許可のため接近不可〟

「グライダーがいうことを聞かない」同時にベオドゥがいった。

「脇によけて高度をあげろ！　そうすればうまくいくはず」

「やってみる、侯爵閣下」

実際、グライダーはふたたび操縦可能になった。

これにより、ますますトンネルの重要性が明らかになる。

探している制御ステーションはあの山のなかにちがいない。

グライダーはさらに谷沿いに進んだ。周囲に目を光らせるが、追ってくる者はいない。さっきの自動警告も、べつだん影響なかったようだ。

「《レダ》からの連絡です」ピココンピュータが知らせてきた。「なにごともなくチェオバドをスタートしたとのこと。ベングエルとジュアタフの船団はウシャアル星系からかなりはなれたポジションで待機中。その後とくに事件は起きていません。《レダ》も当面、このポジションにとどまります」

ベオドゥはわたしの合図で、さまざまな種族が集まっている広場にグライダーを着陸させた。われわれが降機すると、群衆は不安げにあとずさる。

「なにか飲食物を探してこい」わたしはちびのアッタヴェンノクにいった。「ただし、ウルヒイトゥとポナアは勘弁してくれよ。わたしは住民と話をしてみる」

ベオドゥが急いで出発。

わたしのほうはハウリ人とマモシトゥ、それに未知の二足生物からなる四名のグループに近づいた。ところが、相手は逃げだそうとする。

「待て！」と、叫んだ。

四名は石のように立ちつくし、こちらをおずおずと見た。

「われわれのことでしょうか、高貴なるアフ＝メテム？」ハウリ人が卑屈に訊く。

「ここでも知られているようです！」ピココンピュータがささやいた。

「わたしがだれだかわかるな」わたしは尊大な口調を意識した。本来なら性に合わないが、そうしないと先へ進めない。「きみらの任務をいえ」

「わたしはオクラル・ヘン・エス、技術助手です。変調装置の第八段階を担当しています」と、ハウリ人。

「オクラルか」わたしはうなずき、「いまいったのは制御ステーションの変調装置のことだな」

「そのとおりで、侯爵閣下！　ここで物質シーソーの作業をする者はほとんどゲルゴ・ルム・ハーラルの部下ですが、わたしは下《した》っ端《ぱ》なので山には入れません。この三名はわたしの助手で、いまは休憩時間です。なにか失礼があったのでなければいいですが」

「心配するな」わたしは革肌をなだめてから、「きみらのだれも山へ行ったことはないのか？」

「山へ入れるのは上層部の数名だけです、高貴なるアフ＝メテム」これはマモシトゥだ。

「われわれは〝黒い両目〟の下方にある工場で自分たちの担当部品をつくっています」

かれがいったのはトンネルのことだろう。あの暗い穴は明らかに町のほかの風景からきわだっている。

「行け！」そう命じると、おびえる者たちはそそくさとその場を去った。

さらに広場を進んでいった。またもや居合わせた者たちが逃げようとする。どうやら、わたしは信じがたいほどのオーラを発散しているらしい。どうしてだれもがこちらをアフ＝メテムだと見るのか？　論理的な答えはどこにもない。わたしのなかにアフ＝メテムに関する知識が突然おりてきたあのとき、いったいなにが起きたのか、もしかしたらけっして知ることはないのかもしれない。

住民たちの奇妙なふるまいについて、ピココンピュータに問い合わせてみた。

「あなたはただのアフ＝メテムでなく、炎の侯爵という別名を持っています」ネット・コンビネーションのシントロンがコメント。「あまり友好的な響きではありませんね」

わたしは首を振りつつ、ヴェンノクの一グループに急いで近づく。そのさい、ある疑問が浮かんだ。自分はまったく自由意志で動いておらず、支配者ヘプタメルの意図に沿って行動しているのではないか。

どういうことだ？　わたしの身体的・精神的状態はまったく問題ないと《レダ》はいったが、ドリフェル・カプセルのシントロンがまちがえることだってある。

いったい本当はなにが起きたのか？　この不気味な意識の変容はなにが原因なのか？

「とまれ！」わたしはヴェンノクたちに叫んだ。「きみらに話がある」

頭翼生物はちりぢりに逃げだした。のこったのは半人前のアッタヴェンノクみたいなちび一名だけだ。

「きみの名は？」わたしは訊いた。

「タ、タップ……アメレクソンの忠実な従者です」ヴェンノクは言葉をもつれさせた。

「高貴なおかた、どうかお許しを……」

「質問に答えろ、ちび。アフ＝メテムがチェオバドにくると、いつ知った？」

「わかりません、高貴なおかた。気づいたら知っていました。全員そうです。ついさっきのことで、きのうはまだ知りませんでした。もう行っていいですか？」

「行け」

わたしは考えこみながらグライダーにもどった。広場にはもうだれもいないが、近くの道路に野次馬が押しよせている。

ヴェンノクの話は曖昧とはいえ、わたしの疑いを裏づけるものだった。ソンカットの住民がアフ＝メテムのことを知らされたのは、わたしや友が奇襲を受けたのと同じ瞬間だったのだろう。

とはいえ、そこにはちがいもある。ベオドゥもナイ・レングもわたしも、炎の侯爵の外見を正確に思い浮かべることはできなかった。それに、アッタヴェンノクとカルタン人はわたしのなかにアフ＝メテムの姿を見てはいない。

ところが、ソンカットの住民にはそう見えるのだ。

ここの者たちはわたしをなんの疑いもなくアフ＝メテムと同一視している。つまり、わたしがこうむった作用はソンカットの住民が見舞われたものとは異なるということ。

　ベオドゥの帰りを待った。ずいぶん時間がかかっている。それでも一時間ほどして、ようやく黒い箱をふたつ引きずりながらあらわれた。わたしが箱をひとつ持とうとすると、かれははげしく抵抗した。

「とんでもない」と、小声でささやく。「アフ＝メテムがそんな品位を落とすようなことをしてはまずい」

　わたしはかれの好きにさせた。ひどく苦労して運んでいたが。

「望みのものはすべて手に入った」と、ベオドゥ。「どこでも厚いもてなしを受けたよ。抵抗する者はだれもいなかった。アフ＝メテム閣下とその連れのためなら、なんでもするといって」

「ほかになにかわかったことは？」

「だれもがあなたを知っている。さらに全員がヘクサメロン信者で、物質シーソーの制御ステーション建造に従事している。とはいえ、町のこの区画に住むのは歩哨に兵士、下級技術者、非ハウリ人用の飲食物といった物流供給を担当する数名の者だけ。ソンカット住民の三分の一が制御ステーションの仕上げにあたっている。山のなかにあるのは実際、とんでもなく巨大な設備にちがいない。すでに稼働しているが、完成はまだのようだ」

　ベオドゥの報告を聞いて、ソンカットに対するわたしの第一印象がかたまった。

「では、タルポ・ルム・ネミースの屋敷にもどろう」

ちびのアッタヴェンノクはグライダーをスタートさせた。こちらをじっと凝視する目を見て、わたしは気づいた。なにか質問や疑念があるらしい。

「ここでなら心おきなく話せるぞ、友よ」わたしはかれを勇気づける。

「アフ＝メテムに関するわれわれの知識だが、どこからきたのだろう？」と、ベオドゥ。

「わからない。炎の侯爵が実在するのはたしかだが、ソンカット住民の知識はわれわれのものとは異なる。ヘクサメロンの協力者たちは、わたしの……つまりアフ＝メテムの……明確な姿を知っているわけだ。なにもかも不気味で謎めいているな」

「わたしもそう思う、ペリー。ここではそう呼んでもいいよな？　アフ＝メテムが実在するなら、いつかぺてんがばれる時がくるかもしれないと、考えてみたか？　それとも、自分は安全だと信じているのか？」

「アフ＝メテムに関する知識がどこからきたものかは不明だし、ソンカット住民がなぜそれを知ったのかもわからないが、わたしが〝借り物〟の時間をすごしていることはたしかだ。すべては一時的な効果にすぎないという前提で行動しないと」

「どういう意味だ？」こんどは両トンネル近くの封鎖領域を大きく迂回しながら、ベオドゥは訊いた。

「アフ＝メテム騒動ははじまったときと同様、突然に終わるということさ、ちいさな友。

こんな不自然な話、いつ終わってもおかしくない。いつまでつづくかはだれにもわからないが、わたしが炎の侯爵ではないとタルポ・ルム・ネミースやその手下が気づいたら、われわれは罠に落ちる」

「アフ＝メテム自身がドッペルゲンガーの存在を知ることもありえるな。ほんものがいるわけだから当然のこと。そうなったら、もうだめだ」

「なぜそんなふうに考える？」

「あなたの話を聞いたからさ、アフ＝メテム！」と、ベオドゥ。教区長の邸宅前にひろがる芝生めがけてグライダーを操縦しながら、「時間が押しせまっている。なのに下町なんかで寄り道したのは、よけいなことだったのでは？」

「とんでもない。飲食物はタルポ・ルム・ネミースに用意させることもできたろうが、下町への飛行はいい気晴らしになったし、ハウリ人の上層部と話をする前にチェオバドについて知っておく必要があったのだ。その基礎知識は得られた。ここでは決然と行動しないと。支配権を奪われるわけにはいかない。ハウリ人が不信感をいだくからな。赤いハウリ人のことを思いだしてみろ。かれらが追ってきたさいも、きみは〝もうだめだ〟といっただろう？　わたしはまさに、そうなるのを阻止したいのだ」

グライダーは着陸した。タルポ・ルム・ネミースとケム・エナウがあわてて出迎える。

「第一印象としてはいまひとつだった」わたしは不機嫌にいった。「その件について、執務室で話し合いを持ちたい。よろしいか？」

ハウリ人二名が了承のしぐさをする。

「ちょっと大げさでは？」ピココンピュータがささやいた。

わたしはタルポ・ルム・ネミースとケム・エナウをその場にのこし、建物内におもむいた。ベオドゥはハウリ人二名に食糧の入った箱をひとつずつ押しつけ、運べと偉そうに指示した。

ハウリ人たちはみじかく視線をかわす。それから、ケム・エナウが箱をふたつとも持ってわれわれのあとについてきた。

*

執務室には椅子十脚が用意されていた。ハウリ人側は五名。もちろんタルポ・ルム・ネミースとケム・エナウもふくまれる。ケム・エナウは教区長の私設秘書といった立場らしい。

わたしは友たち全員を連れていった。踊りまわるクルッパにケム・エナウが怪訝な目を向けたのに気づいたが、なにもいわない。

全員……クルッパもふくめて……席につくと、タルポ・ルム・ネミースが立ちあがり、列席者の紹介をはじめる。そのなかに制御マスターのゲルゴ・ルム・ハーラルもいた。

痩せこけて非常に老齢に見える。

「いくつか重要な情報を集めてきました、アフ＝メテム閣下」と、タルポ・ルム・ネミース。「お話ししてもよろしいでしょうか」

「だめだ！」わたしはすげなく断じた。支配権を奪われてはならないことを思いだし、「あとで時間があるようなら話させてやる」

「やりすぎです！」ピココンピュータが忠告してくる。

威圧戦略が功を奏していると思ったわたしは、それを無視した。

「ソンカットの現状に対する第一印象だが」と、かまわずにつづける。「ヘクサメロンの従者である諸君にすべて満足したとはいえない。あとはつい最近、重大ミスが発生したようだな。こんなことを二度とくりかえしてはならん。それに、物質シーソーの制御ステーションも完成が遅れている」

「ご満足いただけず残念です、侯爵閣下」タルポ・ルム・ネミースはそういうと、ふたたび椅子にすわった。

「ただ、ひとつ安心材料がある」と、わたし。「諸君の不安はもちろん知っている。物質シーソーによる三度めの移送が、期限を過ぎても実施されなかったのだからな。専門家はその原因を探っただろうが、まだ見つけられていないはず。わたしがここへきた目的は技術設備の査察のみならず、諸君を元気づけるためでもあるのだ。六日間計画はまだ完成を迎えていない。成就の日は近いが、まだ訪れてはいない」

そこで間をおき、ハウリ人たちの顔をたしかめた。その表情を正しく読みとれたとしたら、おびえと安堵がまじったような感じだ。わたしはつづけた。

「三度めの移送が実施されなかったのは諸君のせいではない。もっともな理由があるのだ。ハンガイ銀河の四分の一を異宇宙メエコラーに移送する三度めの試みを、ヘクサメロンの敵が中止したため、こちらも物質シーソーの作動をとめる必要があった。メエコラーへのハンガイ移送を阻止できたことは、ヘクサメロンにとり大きな成果だ。敵がこの冒瀆《ぼうとく》的行為を完了させたのかどうかはわからない。だが三度めが実施されるようなら、われわれ全員でそなえなくてはならん。すべてが支障なく運ぶよう、それぞれの持ち場を守るのだ」

いまや目に見えて革肌たちの安心ぶりがわかった。

「諸君がいい仕事をした部分もあるぞ」わたしは口から出まかせをつづけた。「ただし、あくまで一部だけだ。これまでに二回、物質シーソーを投入したさいに生じた障害だが、原因はここチェオバドにあるとしか考えられない。思うに、最初の四段階の変調装置と、制御ステーションの周辺機器類が誤作動を起こしたのではないか」

「それは考えられません！」制御マスターがいきり立つ。「われわれ、すべてのシステムを何度もテストしました。唯一、エネルギー濃縮装置とハイパー転轍機の組み合わせ部分に不具合が見つかりましたが、すでに対応ずみです。データも……」

「黙れ！」わたしは大声をあげた。「濃縮装置と転轍機は問題ないし、データにもミスは見られない。こうした多重システムに誤作動があるはずはないのだ。きみならわかるだろう、制御マスター。原因は古い変調装置だ」

「つまり、高貴なるアフ＝メテム」ゲルゴ・ルム・ハーラルは小声で訊いた。「第五段階から九段階までの新しい変調装置は問題ないということですか？」

「そのとおり！」わたしは堂々と嘘を肯定した。

　このとき、ピココンピュータが口をはさんできた。

「知りもしないことを話して。うまくやっているとはいえ、リスクが大きすぎますよ。ひとつまちがえば不信感をいだかれます」

「次に移送を実施するさいは、古い変調装置を使わないことにしてはどうだ？　なにかまずいことがあるか？」わたしはあらためて制御マスターに向きなおった。

「基本的にはありません」と、老ハウリ人。「本来なら、その提案についてご説明させていただきたいところですが……炎の侯爵であるあなたやほかのヘクサメロンのかたがたとコンタクトするのが、これほどむずかしくなければ」

「ふむ！」わたしはそれだけいった。なんとコメントしたものか見当がつかないから。

「ゲルゴがいっているのは、ナコード・アズ・クールの周辺に無数に存在する妨害フィールドのことでして」タルポ・ルム・ネミースが助け舟を出す。「そのせいで、あなたがたの居所にハイパー通信をつなぐのはほぼ不可能なのです」

わたしは急いで考えをめぐらせた。〝ナコード・アズ・クール〟とは、はじめて聞く言葉だ。ハウリ語なのだろうが、意味がわからない。

「ナコード・アズ・クールは〝永遠なる穴〟という意味です」ネット・コンビネーションのシントロンが教えてくれた。

永遠なる穴？　それなら惑星ナンサルで、ナックやジュアタフから聞いたことがある！　つまり、そこがヘクサメロンやほんもののアフ＝メテムの居所というわけだ。

有力な手がかりを発見した！

「ナコード・アズ・クールにとって」と、早口で応じる。「ハイパーエネルギー性の妨害フィールドは必要な防御措置なのだ。ハイパー通信は基本的にいつでも受信可能だが、どんな場合も応答が直接くると考えてはならない」

「わかりました」タルポ・ルム・ネミースとゲルゴ・ルム・ハーラルが同時にいう。

「またとんでもない嘘を。いまに後悔しますよ」と、ピココンピュータ。

「ここで些《さ》末《まつ》な話をしているひまはない」わたしはつづけた。「物質シーソーの作業状況を正確に把握するためにきたのだ。どこに不足があるか、もっとも重要な点はすでに指摘した。これで改善に向けて最初の一歩を踏みだしたことになる。こんどは仕事の進みぶりを現場で見たい。同行者たちとともに制御ステーションを査察する。より大きな任務にステーションを投入するにはどれくらい時間がかかるか、知る必要があるから」

「われわれはきっちり計画に沿って作業を進めています」と、制御マスター。

「そうでないことはわかっているはず！」わたしはどなりつける。「わたしもすべての詳細を知るわけではないからこそ、ここまできたのだぞ。ごまかしてもむだだ」

ゲルゴ・ルム・ハーラルは身を縮め、小声でいった。

「もしかしたら、細かい点を見落としたかもしれません。縦も横も奥行きも二キロメートル以上におよぶ区域をつねに把握するのは容易ではありませんので、高貴なるアフ＝メテム閣下」

「近ごろ起きた事故のことを思いだせ、制御マスター！　きみの罷《ひ》免《めん》を考えてもいいのだぞ。なにが真の原因か調べるため、支配者ヘプタメルがまずわたしを派遣したのは、きみにとって幸運だったな」

「第二変換機の爆発の件でしょうか？」老ハウリ人は考えを口に出した。「遺憾な事故だったとはいえ、作業計画に重大な影響は出ていません」

「なにが重大な影響か、判断するのはきみではない。予備システムもすべて通常装置と同じようにテストしたか？」

「もちろんです！」ゲルゴ・ルム・ハーラルは興奮して立ちあがったが、わたしの手ぶりを見てふたたび腰をおろし、やや小声になってつづけた。「つまり、そのう、ハイパー・インパルスの最大負荷テストは充分とはいえなかったかもしれません。試作品のあつかいには慎重にならざるをえないので」

「あす、すべてをゆっくり見てまわる」わたしはそういって立ちあがり、「最初の話し合いはこれにて終了。あすの早朝に会おう。制御ステーションを査察する」

ハウリ人たちも立ちあがった。不安げなようすだ。

タルポ・ルム・ネミースがこちらに近づき、訊いてきた。

「ほかにご用はありますか、アフ＝メテム閣下？」

「ある」と、わたし。ふと思いついたことがあったのだ。

ほんものの炎の侯爵はどこにかくれているのか？ 謎めいたナコード・アズ・クールのポジションは？ アフ＝メテムの居場所は？ ヘクサメロンの居所はどこにある？

「ナコード・アズ・クールに情報インパルスを一本送りたい。その方向にハイパー通信機をセットしろ！」

「ただちに」

ゲルゴ・ルム・ハーラルと部下のハウリ人二名は執務室を去り、のこったのは教区長とケム・エナウだけになる。宇宙要塞の監視用コンソールにも、だれもいない。

タルポ・ルム・ネミースが補佐役ケム・エナウに合図して、一コンソールにつかせた。

「準備完了です」しばらくしてケム・エナウがいう。

「きみたちは出ていくのだ！」わたしは友四名に命じた。「知っているだろう。侯爵がほかのヘクサメロンの者と話すさい、だれもその場にいてはならない」

ベオドゥを先頭にナイ・レング、ロダウル、球状ロボットが部屋を出る。タルポ・ルム・ネミースとケム・エナウには命じるまでもない。二名は勝手に消えた。

「害にならないメッセージを用意しました」ピココンピュータがいってくる。「だれにも意味がわからないので、これなら気兼ねなく送れます。右腕内側セクションの装備を使い、送信機に接続してください。接続を切るさいは技術的問題が起きないよう、わたしが注意します」

わたしの目的はまったく異なる。ハイパー通信ステーションがどの方角にインパルスを送るか知りたいのだ。ほんもののアフ＝メテムやヘクサメロンはどこにいるのか？

スイッチ操作は問題なくできた。こちらの姿を見られているかどうかわからなかったので、まずは右腕内側セクションのコンタクトを左手で送信機につなぎながら、右手でステーションの技術データを呼びだした。これはべつに異例ではない。炎の侯爵として、すべてが正常に動いているか確認することもわたしの義務だから。

わけのわからない数字やシンボルがうつしだされた。

「あとで解析します」と、ピココンピュータ。「では、情報インパルスを送ってください。プログラミングどおり受信者のもとにとどいても、相手はなにもできません」

わたしはセンサー・キイを操作した。マイクロ・インパルスが発信される。

「実際にはなんと送ったんだ？」と、訊いてみた。

「〝クラッデラダッチュ〟です！」答えが返ってくる。

「で、インパルスはどちらの方角に向かった？」

「おおよその方角について計算結果が出ました。ハンガイ銀河の半分はすでに存在しませんが、重力メカニズムのもともとの中心を計算に入れたところ、ハイパー通信機の集束インパルスが向かったのは重力中心のかなり上方です。つまり、ヘクサメロンの居所はハンガイのずっと外側ということになります」

なんと曖昧な手がかりか！　しかし、これ以上は望めそうもない。

わたしは送信機をオフにし、自室にもどって考えをめぐらせた。天井には弱い照明がともっている。友たちはもう眠っていた。部屋にひとつある窓の外は真っ暗だ。ソンカットの夜である。

アフ＝メテムにふさわしいとはとても思えない簡素なベッドに横たわり、ピココンピュータに訊いてみる。

「このぺてんはいつまでつづくのだろう？」

「わかりません」と、答えがあった。

7

われわれが予定どおり早朝に集まると、タルポ・ルム・ネミース、ゲルゴ・ルム・ハーラル、ケム・エナウが迎えにきた。わたしはいささか驚いた。グライダーが用意されるものと思っていたのに、どこにも見えないから。

「粗末なわが家でゆっくりくつろいでいただけたでしょうか」ソンカットの教区長が挨拶する。

わたしはぞんざいに手を振り、

「さっさと本題に入ろう、ヘクサメロンの従者よ。物質シーソーの制御ステーションを査察に行くぞ」

「すべて準備できています」こんどは老制御マスターが答えた。「お連れのみなさんといっしょに円をつくってください」

まったく、こんどはいったいなんなのだ?

「ハウリ人三名の周囲に転送フィールドがあります」つねに抜かりないピココンピュー

タが知らせてきた。「おそらく山のステーションに直接、転送されるのでしょう」

「前進せよ！」わたしは友たちに命じ、ハウリ人三名のほうをさししめした。ベオドゥ、ナイ・レング、ロダウル、クルッパは躊躇《ちゅうちょ》しながらも、指示にしたがう。球状ロボットがまた列をはなれて踊ろうとしたので、触手をつかんで無理やり引きもどした。

タルポ・ルム・ネミースが片手をあげた瞬間、周囲の景色が一変する。気がつけば、わたしと友たちは大きな四角い空間にいた。弱く赤光の降りそそぐ大きな開口部が三方にあり、のこる一方には暗い洞穴がふたつ見える。大きさから判断するに、ソンカットのトンネル施設だろう。天井にちいさな人工恒星が輝いているほか、冷たい空間にはなにもなかった。

「工場で製造されたステーション部品の受け入れホールです」ゲルゴ・ルム・ハーラルが説明。「ここから制御ステーションにある七セクターのどこへでも行くことができます。どちらに行かれますか、高貴なるアフ＝メテム？」

「とりあえず案内をまかせる」と、いいのがれた。

「では、こちらへ！」

制御マスターの合図で開口部のひとつから浮遊プラットフォーム一機が出てきて、目の前でとまった。シートはついていない。周囲をかこむ柵につかまるのだろう。

われわれはプラットフォームに乗りこんだ。わたしはゲルゴの隣りに陣取る。ここでくわしい説明ができるのは、ソンカット教区長よりも制御マスターだろうから。

ゲルゴ・ルム・ハーラルみずからプラットフォームを操縦し、両トンネルと向き合うかたちの横坑《よこあな》を進んでいく。つまり、山のさらに奥深くをめざすということ。いくつかエアロックを通過し、さまざまな種族のメンバーやロボットが見張り役をつとめるのを見た。どこにもかならずハウリ人がいる。

弱く照明された横坑の飛行は数分で終わり、全体を見わたせないほど巨大な一ホールに到着。制御マスターがプラットフォームをとめる。

壁についた幅広の発光プレートが室内を照らしていた。空気は冷たく清浄で、物音ひとつ聞こえない。あらゆる種類のマシン類が装備された巨大施設なのに、まったく作動していないのが印象的だ。

わたしはだれにも気づかれないよう、ピココンピュータに指示した。

「感知した内容をすべて記録しろ。この施設の技術機能はすぐに理解できそうもない。きみならここの重要性がわかるだろう」

シントロンは指示を復唱。

「セクターAです」制御マスターが説明をはじめた。「ここでエネルギーを生成し、施設の心臓部へ供給します。細部に興味がおありですか、アフ＝メテム閣下？」

「いや」わたしは答えたが、〝施設の心臓部〟という言葉が引っかかった。「とにかくすべて見てみたい」

　われわれは徒歩で先へ進んだ。プラットフォームは勝手についてくる。おそらく、知らないうちにゲルゴ・ルム・ハーラルが遠隔操作したのだろう。

　わたしは施設を注意深く観察した。どの技術機器もまったく未知のものだ。見えないようカバーされたマシンブロックも多く、くわしいことはわからない。個々のマシンについた表示は短縮語と数字ばかり。ときおりハウリ人技術者がこちらに近づき、畏敬をこめた目を向けてくる。

　ほかのハンガイ種族はめったに見かけない。それでも、いることはいた……例外なく一ハウリ人につきそわれているが。

「あれがセクターAの操作センターです」ゲルゴ・ルム・ハーラルは金属脚四本が支えるガラスの箱をさしめした。ガラスの奥にハウリ人数名が見える。そこから太いケーブルや無線のエネルギー導体が、さまざまなマシンブロックへとのびていた。わたしはとりわけ目立つ色のマシンブロックへと進んでいき、

「この内部を見たい」と、告げた。

　制御マスターが躊躇する。

「なんだ？」わたしはどなりつけ、「ここを自分で開けろというのか？　ベオドゥにクルッパ、こい！」

二名がそばにやってくる。

「わたしがやります」ハウリ人はあわてていった。恫喝《どうかつ》がきいたらしい。

ゲルゴ・ルム・ハーラルはカーキ色のコンビネーションに組みこまれた通信機で操作センターのハウリ人と連絡をとった。すると、すぐにマシンブロックの赤い壁が透明になり、なかが見えるようになる。

このマシンがいかなる意味と目的を持つものか、さっぱりわからない。すべてが異質で混乱している。

「あまりにごちゃごちゃです」ピココンピュータが、わたしの耳だけに聞こえるいつものやりかたで告げた。「外から見ると整然としていても、どこか変ですね。床には部品が転がっているし、ごみもあります」

「ゲルゴ！」わたしは制御マスターを呼びよせ、「このなかはひどい状態だ。不用品やごみがかたづいていない。しかも、なにか欠けているようだな」

わたしは手で曖昧な動きをした。

「じつに面目ありません」ハウリ人は白状した。「まさかあなたが結合空気導管を見たいとおっしゃるとは。実際、ここではゲレスモットがひとつ欠けており、作業が完了していないのです。些《さ》細《さい》な欠損もいくつかありまして。重大なものではありませんから、すぐに除去できます。予備部品を使って仕上げることになっているので」

「論外だ！」わたしは叱責した。「とんでもない話だ。欠損のない装置をいくつか任意に選んで見せてみろ」

「よろこんで」

ゲルゴ・ルム・ハーラルはふたたび操作センターに連絡をとる。異なる三カ所にあるマシンブロックの壁が透明になった。なかをのぞき見たが、これまたなんの機能を持つものかわからない。ハウリ人の技術は相《あ》いかわらず謎だらけだ。願わくは、ピココンピュータの計算システムで解明できるといいが。

制御マスターが期待に満ちた目を向けてくる。

「まあいい」と、わたしはみじかく答えた。「では、べつのセクターに案内せよ」

ハウリ人はプラットフォームを呼びよせ、われわれはふたたび乗りこんだ。こんどは垂直に上昇する。天井に近づくと、開口部が出現。そこから地下ホール全体を最後に見わたすことができた。

大きさはほぼ二百メートル四方。高みから見ると、さまざまなシステムや接続部が順序よくならんでいるとわかる。だが、それ以上は不明だ。

プラットフォームは薄暗いシャフトに入った。数秒後、また同じ大きさのホールに到着。ハウリ語でFをあらわす文字が入口に光っている。

セクターFということ。

ここはまったく様相が異なり、薄暗い照明がひとつあるだけ。細部のようすを認識するには、まず目を慣らす必要があった。

さまざまな構造物がならんでいる。すべてアンテナだ。ハイパー通信システムに典型的な形状というのはわかるが、その目的は不明なまま。

プラットフォームは大きな弧を描き、ホール全体をゆっくりと旋回した。ゲルゴ・ルム・ハーラルもほかのハウリ人もなにもいわない。

「アンテナの森だけど、キノコが見あたらない」クルッパがいきなりばかなコメントをくりだす。だれも反応しなかった。

「ここではミスはまず起こらんな」わたしはきっぱりいい、「べつのセクターが見たい。それから施設の心臓部へ」

「では、セクターDに向かいましょう」制御マスターが応じる。

「いや、セクターCだ」

「ご命令とあれば、炎の侯爵」

プラットフォームはふたたび加速し、側壁に生じた開口部に入る。そこからななめ下方向に道がのびていた。着いたところはなじみのつくりのホールだ。内部にあるのは、さまざまな大きさの球形装置ばかり。

「ここセクターDには物質シーソーのペロ効果のための予備部品が置いてあります」と、

制御マスター。

わたしはみじかくうなずいたが、なんのことやらさっぱりだ。ピココンピュータも無言である。

ホールの端まで行くと、機は減速した。すると、床が開いて金属のエアロックが出現。プラットフォームは降下していく。物質シーソーの制御ステーションはとてつもない規模を持つらしい。その全容がますますはっきりしてきた。ヘクサメロンの協力者たちは実際、ここでたいしたことをやり遂げたのだ。

しかも、これはまだ制御ステーションにすぎない！　いったい物質シーソーとは、いかなる構造物なのか？

そのとき、ものすごい音が聞こえてきた。

「セクターCです、アフ＝メテム！」耳を聾する轟音《ごうおん》に負けまいと、制御マスターが声を張りあげる。「インパルス複合体のスイッチを切らせましょうか？　ここはいつも非常にうるさいので」

わたしは手ぶりで断り、施設を検分した。ハウリ人の説明を聞くよりも実際に見るほうが肝要だから。

ホール全体をほぼ網羅するかたちで、封鎖フィールドが水平方向に張りめぐらされていた。われわれはその上、マシンもエネルギー・フィールドもないかぎられた一ゾーンから見おろしている。

ホール下方にあるのは、またもや未知の異質な機器類だった。ただし、カバーがかかっていないので、構造体を見ることはできる。超技術の産物だというのは明らかだが、その機能はやはり不明だ。

封鎖フィールドの上方では、さかんなエネルギー活動がおこなわれていた。動いていないものは皆無。あちこちで火花が盛大に噴きあがっては、まるみを帯びた凝集体となり、天井下の黒いボウル形装置にのみこまれていく。

プラットフォームは下方領域をゆっくりと移動していった。

「次へ行くのです！」ピココンピュータが急かす。「制御ステーション心臓部へ」

わたしがゲルゴ・ルム・ハーラルに向きなおろうとしたそのとき、鋭い信号音が鳴りひびいた。タルポ・ルム・ネミースのカーキ色のコンビネーションから聞こえる。

「スイッチを切れ！」タルポ・ルム・ネミースは制御マスターに命じた。

かれが即座にしたがうと、教区長は通信機に話しかけた。ハウリ語なのでわたしは理解できないが、ピココンピュータが高機能センサーで翻訳する。

「〝試運転を終了せよ。教区長に至急、話したいことがある〟とのこと」

それに対するタルポ・ルム・ネミースの応答も理解できない。ネット・コンビネーションのシントロンがいうには、

「ナコード・アズ・クールからの呼び出しです。至急、タルポ・ルム・ネミース個人が応じるようにと」

教区長がどうしたものかと問うような視線をこちらに向けた。明らかに躊躇し、困惑している。

「なんの呼び出しかわからない」わたしの言葉を聞いて、ハウリ人はますます狼狽した。「おそらく、わたし自身も知らない非常事態が起きたのだろう。すぐにきみの邸宅にある執務室にもどろう。ナコード・アズ・クールからの用件がなんなのか、はっきりさせないと。ステーション心臓部へ行くのはあとまわしだ」

タルポ・ルム・ネミースはほっとしたようだが、わたしは気が気ではなかった。

「もよりの転送ポイントに向かいます」ゲルゴ・ルム・ハーラルが急いでいう。

プラットフォームは全速前進した。

*

教区長の豪奢な邸宅では興奮したハウリ人四名が待ちかまえていた。わたしは友たちを宿所にさがらせる。ベオドゥとナイ・レングとロダウルは指示にしたがったが、球状ロボットだけは周囲を踊りまわり、いうことを聞かない。わたしはクルッパの好きにさせると決め、合図して近くに引きよせた。もしかしたら役にたつかもしれない。状況が見通せないのだから。

タルポ・ルム・ネミースも部下たちをさがらせ、ゲルゴ・ルム・ハーラルとケム・エナウだけがその場にのこった。

ハイパー通信機の一スクリーンに、まるい無毛の頭部がうつっていた。深い眼窩のなかの黒い両目が、ハウリ人三名とクルッパとわたしを見すえている。鼻や口はない。

丸顔の未知者が話しだすと、つやつや光る頬がかすかに動いた。

「きたな、タルポ・ルム・ネミース。よろしい。いまだ六日間教義に逆らいつづける不信心者たちが、またいまわしい狼藉《ろうぜき》を働いている。聖なる教えを信じない冒瀆者は阻止せねばならん」

「おっしゃるとおりです、高貴なるヘクサメロンのおかた」タルポ・ルム・ネミースがへりくだって応じる。「ご指示にはしたがいますが、おそれながら、その前にあなたがどなたなのか、ヘクサメロンの忠実な従者になにを要望されるのか、お教えください」

「わたしの要望は無条件の従属と、ヘクサメロンの教えに対する絶対的忠誠。わたしがだれなのか知ることはできない、タルポ・ルム・ネミース。この映像はわが真の姿を具象化した一部にすぎないから。真の姿を知る必要はない。おまえが知るべきはただひとつ、わたしがほんもののヘクサメロンの侯爵であるという事実だ」

「なるほど。あなたの言葉を信じます。名前はおありなのですか？」

「すべての侯爵には名前がある。わが名はアフ＝メテム」

わたしは馬に思いきり頭を蹴られた気分だった。足もとの床がいきなり揺れだしたように感じ、さまざまな考えが脳内に押しよせる。

タルポ・ルム・ネミースは文字どおり硬直した。わたしは言葉も出ない。

ハウリ人やわたしより早く反応したのはクルッパだ。赤道環を持つ球状ロボットは突然、けたたましく笑いだした。ぴょんぴょん跳びながら踊り狂い、みじかい間隔で甲高い声をはなつ。まるで、さかりのついた犬の吠え声みたいだ。

ハウリ人三名がこちらを凝視した。タルポ・ルム・ネミースとゲルゴ・ルム・ハーラルはいらだちを見せ、ケム・エナウにいたっては怒りと憎悪の視線を投げてくる。

クルッパは細い脚十二本で革肌たちの上をはねまわり、正気と思われぬ声をあげ、「にせもののアフ＝メテムだ！」と、不協和音で歌いだした。「尊敬するわが支配者とその忠実なしもべを、不安におとしいれようとしてる！」

「唯一にして真のヘクサメロンに敵対する冒瀆者の悪影響だな」と、スクリーンから声がした。「服従せよ！　アフ＝メテムが命じる！　よき未来への道はひとつしかない。それが支配者ヘプタメルの言葉だ。したがえ！」

ケム・エナウがハイパー通信の応答可能領域に移動して、自信ありげにいった。

「わが上司タルポ・ルム・ネミースはまだ躊躇していますが、あなたが本当のアフ＝メテムだとじきに認識するでしょう。ヘクサメロンの敵がここに忍びこみ、われわれをだましたのです。かれは嘘つきの裏切り者。死がふさわしい」

「ちがう！」クルッパが叫ぶ。「アフ＝メテムはただひとり。ここにいる」

ケム・エナウがわたしを指さし、ロボットも触手で同じことをした。

「しずかにしろ！」わたしは声を張りあげた。「むろん、これがどういうことか、炎の侯爵であるわたしにはわかる。あの罪人のいうことをよく聞いてみろ。かれに惑わされ、六日間教義の真の教えに逆らってみるがいい。なにが起きるかわかるはず！」

「またやりすぎですよ」ピココンピュータが忠告した。「あの丸顔はほんもののアフ＝メテムです」

わたしだってわかっている。だが、物質シーソーの制御ステーションを作動不能にする目標をまだ達成していないのだ。目標実現に向けた第一段階がすぐそこまで迫っていたのに、不運にもステーション心臓部へ行くチャンスは消えてしまった。

「これ以上、状況を切迫させてはいけません」ピココンピュータがあらためて警告する。

「とりかえしのつかない傷を負うことになります」

クルッパがはねまわり、こちらに近づいてきた。触手型アームと十二本脚をぜんぶくりだし、うれしそうに笑いながら大きなボールのように跳びかかってくる。

「多くの不具合が生じているようだな、タルポ・ルム・ネミース。異生物が一名見える。

ここの者であるはずはない。すぐに殺すのだ！」

タルポ・ルム・ネミースはためらったが、ケム・エナウが即座に反応。なにか意味不明のことを叫び、武器を手にとる。

だが、ネット・コンビネーションの反応のほうが速かった。わたしはエネルギー・ビームをもろに浴びたが、なんの害もない。ゲルゴ・ルム・ハーラルがケム・エナウの腕に跳びつき、大声を出した。

「正気を失ったか？」

わたしはなだめるように両手をかかげた。

「冒瀆者に死を！」ほんもののアフ＝メテムがわめく。

クルッパがスクリーンに向かって跳びはね、自分のからだで画面をおおいかくした。ハウリ人たちはますます混乱する。しばらくして、ケム・エナウひとりが理性をとりもどした。タルポ・ルム・ネミースを脇に押しやり、わたしの前に立ちはだかる。

「どうした、裏切り者？」わたしは動じることなくいった。この茶番劇を最後まで演じきろう。悲惨な幕切れを迎えることになるだろうが。「唯一のアフ＝メテムに逆らえると思うのか？」

答えは返ってこなかった。タルポ・ルム・ネミースがケム・エナウを引きはがしたから。同族二名の争いは大事にいたらず、ケム・エナウはおとなしく自制する。

「これはヘクサメロンに対する大罪だ」と、わたし。「かつて六日間教義の忠実なしもべだった者が、これほどひどい不正行為に出るとは。ヘクサメロンの信奉者がおかしな丸顔の嘘を信じるとは。きみらには深く失望した。支配者ヘプタメルがここの状況をたしかめるためにわたしを派遣したのには、もっともな理由があったわけだ」

「冒瀆者を殺せ！」ハイパー通信機から声がとどろく。

クルッパがまた甲高く笑った。スクリーンの前からはなれ、ふたたび踊りはじめる。

「真のアフ＝メテムはひとりしかいない」わたしはタルポ・ルム・ネミースとケム・エナウのところに行き、二名の革のような手をとって、こういった。「だれがほんものでだれがにせものか、いまにわかる。六日間教義の真の使者に対する冒瀆行為を、ヘクサメロンはけっして許さない。このわたし、アフ＝メテムも」

それからブラスターを抜き、丸顔がうつるスクリーンめがけて発射した。次に操作コンソールを対消滅《ついしょうめつ》させ、むきだしになったケーブルにまでビームを浴びせる。

「これが炎の侯爵の流儀だ」わたしは哄笑《こうしょう》した。クルッパもいっしょになって笑い、ハウリ人三名の肩に次々と跳びうつる。わたしが大声を出すまでやめようとしない。

「ご理解ください。わたしは混乱しています」タルポ・ルム・ネミースがうめいた。

「だれがほんもののアフ＝メテムなのでしょう？」

「きみはメッセージを受けとったはず」と、わたし。「ソンカットの全住民もだ。まだ疑うならば、それは死罪に値《あた》いするぞ」

「やりすぎですって」ピココンピュータがふたたび、一か八かの賭けに対して忠告する。

「ケム・エナウよ、きみの罪を許そう」わたしはかれに向かって手を振り、「カルタン人冒瀆者による六日間教義への攻撃は失敗に終わった。当然だ。存続するのは真実のみだから」

「施設の心臓部へ！」ピココンピュータが思いださせる。

「つまらない出来ごとはもう忘れて」と、わたし。「わが同行者たち全員を連れ、制御ステーション心臓部へ向かう」

タルポ・ルム・ネミースとゲルゴ・ルム・ハーラルは了解した。クルッパが急いで出ていき、ベオドゥ、ナイ・レング、ロダウルを連れてくる。

「わたしはここにのこります」ケム・エナウがいった。

「いっしょにこい！」わたしはふたたび賭けに出た。「したがわないなら殺す、ケム・エナウ。わかったか？　山にあるステーション心臓部を査察するのだ」

「わが攻撃的言動をお許しください、高貴なるアフ＝メテム」ケム・エナウは度を失っている。「あなたにしたがいます」

「はっきりさせたいのですが」タルポ・ルム・ネミースがあわてて口をはさんだ。「わたしはまずこの件を解決しなければ。制御ステーション心臓部を査察するのはけっこうですが、いまあなたはわが管理下にあります。わたしはまず、ここに召喚されたのがだれなのかを明らかにしなければなりません。さらに、だれがほんもののアフ＝メテムなのかを。ケム・エナウをあなたに同行させ、わたしはのこります」

「おろか者！」わたしはそう応じながらも、化けの皮が剝がれはじめたのを感じた。タルポ・ルム・ネミースが突如、優位に立ったということ。

ベオドゥ、ナイ・レング、ロダウルは近くにいた。クルッパは目眩《めまい》がするような調子はずれの歌を歌いながら、まだ踊りまわっている。

「移動するぞ。制御ステーション心臓部へ！」

ハウリ人たちは命令にしたがった。

しかし、その顔に不審の念があらわれたのを見て、わたしは思った。もう時間がない。

8

われわれはふたたび浮遊プラットフォームに乗り、山の内部をめざした。ゲルゴ・ルム・ハーラルが操縦し、どんどん下へと向かっていく。制御マスターが〝ステーションの心臓〟と呼ぶ中枢設備は、全施設の基礎部分にあるらしい。

ケム・エナウが小声でなにかしゃべっている。わたしは内容が理解できないので、ネット・コンビネーションのシントロンに問い合わせた。

「タルポ・ルム・ネミースの部下と話しています」ピココンピュータが伝えた。「ハウリ人たちはハイパー通信機を新しいものと交換中です。チェオバドにあるべつの基地からナコード・アズ・クールに連絡しようとしたところ、うまくいかなかったので」

つまり、わたしのことを疑っているわけだ。すべてが明るみに出る瞬間は遠くない。物質シーソーに壊滅的打撃をあたえる可能性はこれで消え去った。制御ステーションをすみやかに破壊するという、もともとの計画はすでにあきらめている。

いまできるのは、ステーション心臓部を偵察調査することだけ。のちにチェオバドに進撃するさい必要となる知識を入手し、あとから決定的な攻撃をくわえるために。

ピココンピュータもデータを収集するだろう。それで物質シーソーのシステム全体を俯《ふ》瞰《かん》できる。

トンネルがひろがる先はエアロックになっていた。突きあたりに鋼製扉があり、武装したハウリ人三名と戦闘ロボット数体が歩哨に立っている。

「ここからは徒歩で進みます」と、制御マスター。「心臓部で乗り物は使えないので」

いつもかならず口にする〝アフ＝メテム閣下〟という呼称を使っていないことに、わたしは気づいた。これもまた、こちらの信用が揺らいでいる証拠だ。

ゲルゴ・ルム・ハーラルが機を着陸させる。

ハウリ人歩哨の一名が歩みよってきた。わたしをいぶかしげに見たあと、制御マスターに向かい、

「たったいま指示がありまして」と、告げる。「だれもステーション心臓部に入ってはならないとのこと」

「だれからの指示だ？」ゲルゴ・ルム・ハーラルは声を荒らげた。

「タルポ・ルム・ネミース教区長です」

制御マスターに負けず劣らず、わたしは困惑した。

「どういうことか、たしかめねば」と、ゲルゴ・ルム・ハーラル。

「いったいどうなっている？」わたしはピココンピュータに訊いた。

「ついさっき盗聴した通信内容を解読しました。ステーション心臓部へ立ち入り禁止の指示が歩哨たちに出されたのは事実です。相手はタルポ・ルム・ネミースとなっていますが、メッセージが送信された場所は惑星地表でなく、ステーション内部です。もうすこし分析しますのでお待ちを」

つまり、この指示を出したのは教区長ではない。では、だれが？

「タルポと話してみます」

制御マスターがいい、通信機に急ぎ向かう。わたしはそれを押しとどめ、

「このアフ＝メテム、炎の侯爵がみずから解明してやろう。立ち入り禁止の指示を出したのはタルポ・ルム・ネミースではない」

「あなたがみずから解明する？　それは見ものですね」ケム・エナウがおもしろがるようにいった。

その瞬間、ピココンピュータが決定的な情報をもたらした。わたしはすばやくパラライザーを抜き、ケム・エナウの両脚にビームを見舞う。かれは悲鳴をあげて床にくずおれた。歩哨たちは茫然としている。

わたしはケム・エナウのもとへ行き、その顔がよく見えるようにかがみこむと、

「独断専行は高くつくぞ！」と、どなりつけた。「自分のしたことを、制御マスターと

歩哨たちに説明しろ」

身を乗りだし、ハウリ人のコンビネーションについた小型通信機をむしりとると、ゲルゴ・ルム・ハーラルのほうへ投げた。

「きみの歩哨たちはここから指示を受けたのだ。この悪党、炎の侯爵をだませると本気で思ったらしい。指示内容をとりけせ、ゲルゴ！」

制御マスターは反論もせずにしたがった。全員が嘘の指示を聞いていたらしい。

「申しわけありません、高貴なるアフ＝メテム」脚の動かないケム・エナウが情けない声を出す。「そうするしかなかったのです。あなたがほんものの侯爵かどうかわからなかったので」

「この裏切り者をどこかにやれ！」わたしは命じた。「ステーション心臓部の扉を開くのだ！」

ハウリ人たちはわたしの立ち入りを承知し、その場をあけた。一分もたたないうち、わたしと同行者四名はゲルゴ・ルム・ハーラルとともにステーション心臓部にいた。

*

ひと目でわかったのは、ステーション心臓部が直径ほぼ三十メートルのドーム形ホールであること。物質シーソーの制御ステーション中枢は、これまで見たほかのセクターと根本的に異なっていた。

天井までの高さはゆうに五十メートル。そこから一ダースのランプが光の輪を投げかけている。天井からほぼ十メートルまではなにもないが、その下には作業スポットが七つあり、いずれもガラス様の物質でできた半球形の透明シェードにかこまれていた。ホール中央にオープンスペースがある。

そこには種々の操作卓、スクリーン、通信システムをそなえた円形の一コンソールが室内にせりあがっているが、だれもいない。かたや、七つのスポットではハウリ人が二名ずつ作業していた。

冷たい空気のなか、鈍いうなり音が響く。

七つの作業スポットはそれぞれ、制御ステーション内の各セクターに対応しているようだ。どのスポットにもひとつずつ、アルファベットに相当するハウリ文字が光っているから。いずれも装備はまったく同じ。馬蹄形のコンソールが二基あり、そこに一名ずつハウリ人がすわっている。技術機器類は、操作／制御／通信の各システムだろう。

「ここが心臓部です」ゲルゴ・ルム・ハーラルがおごそかな口調でいった。「ごらんのとおり、つねに作業中でして、高貴なるアフ＝メテム。われわれ、あいた時間はすべて試運転と、制御ステーションのさらなる構成部分の製造に費やしています。これほどの巨大構造物ゆえ、まったく不具合なく動くことはありえないのですが、それでも予想を上まわる状態までもってくることができたのはヘクサメロンの名誉。閣下はご存じだと思いますが、機能拡大に向けた最後の製造段階が目前に迫っており、それにはまた時間もかかるため、熟練の技術者やシステム・マネージャーが不足しがちです。ですが、ソンカットの工場労働者なら問題なくこなせるでしょう。はてしなく課題はあるとはいえ、ここではすべて順調に推移しています」

「非常に感銘を受けた」わたしは驚きの声をあげた。もちろん演技だ。「だが、自動化作業の割合がすくなすぎるのではないか？　記憶がさだかではないものの、ここで作業するヘクサメロンの従者はわずかだった気がする」

たんなる憶測だったが、どうやら核心をついたらしい。制御マスターがこう答えたから。

「おっしゃるとおりです、アフ＝メテム閣下。ステーションの能力が完璧であることは、すでに二度、証明されました。じつは、わたし自身もくわしく知らない作業があとから追加されたため、当初に計画されていた完成が遅れているのです」

つまりかんたんにいうと、より大規模なことに着手するべく、ヘクサメロンが制御ステーションを機能拡張しようとしているわけだ。その背後にどんな意図があるのか、ゲルゴ・ルム・ハーラルに訊くのはまずいだろう。疑念を持たれるだけかもしれない。ベオドゥ、ナイ・レング、ロダウル、クルッパはそれぞれ分散し、見学している。わたしと同様、興味ありげなふりをして。

「作業スポットのひとつを見てみたい」

わたしはそういい、ゲルゴ・ルム・ハーラルとともにもよりのスポットに向かった。

「奇妙なエネルギー流を探知しました」ピココンピュータだ。「ハイパー成分がふくまれています。うまく相手を乗せ、これについてもっと情報を得てください！」

「ここはなつかしい感じがするな」わたしは笑みを浮かべて切りだした。「ハイパーエネルギー・フィールドか。ナコード・アズ・クールを思いだす」

「ナコード・アズ・クールのエネルギー・フィールドについては遠方なのでよくわかりませんが」制御マスターが食いついてきた。「ここのはまったく種類が異なります。ご存じのとおり、アフ＝メテム閣下、われわれの使うハイパーエネルギーには修正がほどこされていますので。理由は残念ながら知りませんが、ここから次元を超えてインパルスを送信できるのはたしかですから、通常の物質シーソーだけが唯一の目標ではないということでしょう」

「じつによく理解しているな」わたしは出まかせにいった。「ヘクサメロンの計画は、つねに現存のものを凌駕《りょうが》するのだ。きみらは最初の二度の移送をみごとにやり遂げた。わたしの指摘したミスを克服すれば、次の二度も確実にうまくいくだろう。そのあとどうなるかは、まだ知らなくていい」

「承知しました」ハウリ人は軽く一揖した。老制御マスターがわが指示に完璧にしたがっているのはさいわいだ。

わたしは作業スポットに入った。中のハウリ人二名はちらりとこちらを見ただけで、すぐ仕事にもどった。

どちらの前にもスクリーンが四つある。そのうちふたつは理解できないシンボルで埋めつくされているが、ひとつはスイッチが切れていた。四つめのスクリーンには、半分になった銀河の静止画像がうつしだされている。

ハンガイ銀河だ。実像ではあるが、そのハイパーエネルギー成分をもとに構成されたものということ。銀河の半分が消えたのを目視できるのは数千年先だから。

わたしは真っ暗な一スクリーンを指さし、〝ふむ！〟とだけいった。

ゲルゴ・ルム・ハーラルは口に出さないこちらの疑問を察したらしく、

「このスクリーンは緊急事態のためにあけてあります」と、応じた。「ご質問があればどうぞ、アフ＝メテム。簡潔に説明します。ただ、あなたがどこまでご存じかわからないのですが」

「きみの話を聞かせてくれ」わたしは答えをはぐらかした。「もちろんすべて興味深いが、わたしも六日間教義ほどには細部をよく知らないのでな」

「われわれはみな支配者へプタメルの忠実な従者ですから」老ハウリ人は気をよくして、

「全員、大いなる目標のために働いています。それに参加できるのはうれしいことです」

「もしも移送実施の命令が、いま出されたらどうなる？」わたしは訊いた。

「なんですと？」制御マスターは驚き、「そんなことは絶対にありえません。わたしをためしておられるのですか。あるいは、ケム・エナウのいったとおり……」

そこで言葉がとぎれる。いきなり信号音があちこちから鳴りひびいたのだ。作業スポットのハウリ人たちが動きをとめた。

真っ暗だったスクリーンが明るくなり、一連の文字と三つのシンボルがうつしだされる。そこにはこう書いてあった……〝イェヘム　クラム　イセプ〟。

ハウリ語なのだろうが、知らない言葉だ。シンボルもあまりに異質で、なにを意味するのかわからない。

わかるのはただ、なにか予想せぬ事態が起きたらしいことだけ。ゲルゴ・ルム・ハーラルが身をこわばらせ、

「そんなばかな！」と、鋭い叫び声をあげる。

「ピコ、助言を！」わたしは小声でいった。

「ハウリ語の暗号文です。考えあぐねています。制御マスターに訊いてください！」

「いったいどうしたのだ？」わたしはゲルゴ・ルム・ハーラルに向きなおった。

ハウリ人は答えず、こちらをじっと見る。そのあいだに、あらたな文字が緊急用スクリーンにうつしだされた。こんども理解できないが、画面の下のほうを見ると、知った名前があった。

〝タルポ・ルム・ネミース〟と読める。つまり、かれが送り手ということ。チェオバドの教区長がメッセージを発信したのだ。

作業スポットの両ハウリ人が立ちあがった。ほか六カ所のスポットでも、作業員たちが持ち場をはなれている。

「ピコ！　どういうことだ？」わたしはふたたび訊いた。

「お待ちを！」

ベオドゥ、ナイ・レング、ロダウル、クルッパが急いでやってきた。みな興奮しながら口々にしゃべるので、なにをいっているのかわからない。

作業員たちがあわててステーション心臓部から出ていく。重い鋼製扉が勢いよく閉まる音がした。

のこったのはゲルゴ・ルム・ハーラルだけだ。相いかわらず、こちらを凝視している。すると突然、小型の銃を手にして、

「わたしをだましたのだな、ペリー・ローダン」と、いった。「タルポ・ルム・ネミースが真実を見破った」

「〝最大レベルの危機発生！　心臓部から全面撤退せよ〟」このとき、ピココンピュータが発言。「これが最初のメッセージの意味です。二番めは、〝侵入者の名はペリー・ローダン、ヘクサメロンの敵〟」

「わたしはしくじった」ゲルゴ・ルム・ハーラルが顔をゆがめる。「だが、あなたが生きてここを出られることはない。監視部隊が警報を受けたし、水使い二名もこちらに向かっている。あなたも同行者もおしまいだ。わたしは罰を逃れるとしよう」

そういうと、すばやく自分の頭に銃を押しつけ、自害した。

わたしはしばらく混乱していたが、やがて気づいた。ついにアフ＝メテムとしての時間がつきたのだと。

「由々しき事態だ、友よ。われわれはいま、制御ステーションの奥深くにいる。ここから脱出しないと」

「《レダ》を呼びだします」ピココンピュータだ。「カプセルはこちらを探知できるでしょう。ですが、ここまではこられません」

各作業スポットのあいだにエネルギーの壁が生じている。逃げ道をふさがれたということ。

目の前の床が開き、武装したヴェンノク四名が飛びだしてきた。ハウリ人の傭兵だ。このステーションの見張りをつとめているのだろう。

わたしはただちに発砲。と同時に、クルッパが叫ぶ。

「それっ！」

球状ロボットはロダウルに跳びかかり、触手を巻きつけた。そのとき青い閃光がはしり、わたしからはヴェンノクの攻撃者が見えなくなった。

「うまくいったぞ！　驚きだ！　みなさん、お元気で！」と、ロダウルの声がする。

クルッパとベングエルは溶けるように姿を消した。その瞬間、わたしは意識に刺激を感じた。事実に関するあらたな知識が自分のなかに押しよせてくる。《パーリンネン》壊滅のさいと似ているが、あのときよりずっとおだやかな感じだ。

この知識は使える。

「ベオドゥ！　ナイ・レング！　ここに非常シャフトがあるそうだ。それを使えば外に出られる。グラヴォ・パックをオンにし、わたしにつづけ！」

われわれは天井めがけて飛翔した。非常シャフトのありかはわかっている。ブラスターを使って道を開き、まずアッタヴェンノクとカルタン人がシャフト内にもぐりこんだ。下を見ると、赤い衣服のハウリ人二名が容器の水を飲みほしたのがわかった。

「急げ！」

わたしは友ふたりに呼びかけ、せまいシャフト内を上昇した。頭のなかで思考が駆けめぐる。こんどもまた、奇妙なやりかたでベングエル一名とジュアタフ・ロボット一体が消え、知性体の命が失われた。これはすべてまともなことなのか？　あるいは背後になにかかくれているのか？

下からシャフトめがけてビームが飛んでくるが、ネット・コンビネーションのバリアが防御した。わたしはマイクロ爆弾に信管をつけ、下に向かって投げる。

「早くしろ、友よ！　ここはじきに地獄になるぞ」

ベオドゥとナイ・レングは簡素なコンビネーションについたグラヴォ・パックをフル作動させる。だが、シャフトの出口はまだまだ見えない。

マイクロ爆弾が爆発し、すさまじい圧力波がわれわれを押しあげた。これでとりあえず、水使いの追っ手は阻止できたはず。それでも用心のため、ふたつめのマイクロ爆弾を起爆して下に投げる。

「もうじきそちらに着きます」《レダ》の声だ。「急いで。追っ手がきますよ」

ついに戸外に出た。ちいさな空き地に到着。そこは思ったとおり、ソンカットのずっと上方だった。周囲には木々の梢が茂っている。

ぶあつい雲のあいだに《レダ》が音もなくあらわれた。ハッチはすでに開いている。

「行くぞ、ベオドゥとナイ！」

われわれはドリフェル・カプセルに向かって疾駆した。友ふたりを先に行かせ、わたしはもう一度シャフト出口を振りかえる。もうもうたる煙のなかから赤いハウリ人一名が発砲してきたが、そのときこちらはすでに《レダ》の防御バリアのなかにいた。

赤いハウリ人が追ってくる。わたしは勢いをつけ、カプセル内に転がりこんだ。こちらの指示を待たずに《レダ》が最大価で加速。水使いの攻撃は無効に終わった。

スクリーンには高速で近づくグライダー一ダースがうつっている。

「さっさとずらかれ！」わたしは命じた。

「了解」と、《レダ》。「あのグライダー部隊はなにもできません。宙航向きの機種ではないので」

「宇宙要塞をどうやって逃れるつもりだ？」

「大丈夫。隙間があります」《レダ》のおだやかな声を聞き、わたしは心から安堵した。

「ジュアタフ・ロボットが破壊したチェオ＝三七一の後継要塞はまだ建造されていません。その隙間にもぐりこんで脱出します。あとの要塞は遠距離にあるので、攻撃されても防御バリアで持ちこたえられます」

チェオバドの追っ手はすぐに振りきることができた。地上基地の砲撃も命中しない。

数分後、われわれは宇宙要塞の攻撃からも逃れた。

「次の目的地はナコード・アズ・クールだ」と、わたし。

「そうだと思いました」《レダ》が答える。「ピココンピュータとのコンタクトで事実関係を知りましたから」

「かならず見つけだす……ナコード・アズ・クール、永遠なる穴を」

ドリフェル・カプセルはハイパー空間に入った。長い航行になるだろう。

あとがきにかえて

星谷　馨

ペリー・ローダン・シリーズ六八九巻をおとどけします。

今回、前半でローダンは思いがけない味方を得る。きのうの敵はきょうの友。怖くて不気味なハウリ人も悪いやつばかりではなかったとわかり、ほっとしましたね。

七十三ページにはローダンがふたりの友とハウリ人とで四人組結成を思い描く場面も出てくるが、わたしにとって現実世界での四人組といえば、昔も今もザ・ビートルズ。活動期間はわずか七年だったのに、その音楽は今でも世界中の人々の心をとらえて離さない。昨年秋にはアルバム『Revolver』（一九六六年）のスペシャル・エディションがリリースされ、米ビルボードチャートの一位や日本ゴールドディスク大賞を獲得した。あいかわらずの人気ぶりである。五十年来のファンとしては嬉しく誇らしい。

願わくは、ペリー・ローダンもこんな調子でずっと活躍しつづけてほしいものだ。

訳者略歴　東京外国語大学外国語学部ドイツ語学科卒，文筆家　訳書『焦点の三角座銀河』エーヴェルス，『都市間戦争』エルマー＆グリーゼ（以上早川書房刊）他多数

HM=Hayakawa Mystery
SF=Science Fiction
JA=Japanese Author
NV=Novel
NF=Nonfiction
FT=Fantasy

宇宙英雄ローダン・シリーズ〈689〉

秘《ひ》密《みつ》惑星《わくせい》チェオバド

〈SF2407〉

二〇二三年五月 二十日 印刷
二〇二三年五月二十五日 発行

（定価はカバーに表示してあります）

著者　ロベルト・フェルトホフ
　　　ペーター・グリーゼ
訳者　星《ほし》谷《や》馨《かおり》
発行者　早川浩
発行所　株式会社 早川書房
郵便番号 一〇一 - 〇〇四六
東京都千代田区神田多町二ノ二
電話 〇三 - 三二五二 - 三一一一
振替 〇〇一六〇 - 三 - 四七七九九
https://www.hayakawa-online.co.jp

乱丁・落丁本は小社制作部宛お送り下さい。
送料小社負担にてお取りかえいたします。

印刷・信毎書籍印刷株式会社　製本・株式会社川島製本所
Printed and bound in Japan
ISBN978-4-15-012407-6 C0197